张炜
少年
书系

林子深处

张 炜——著

作家出版社

林子深处

目 录

阿雅的故事

1

外祖母给我讲过的故事数也数不清,但最令我难忘的,是那个叫阿雅的小兽的故事。

外祖母是一个奇怪的有神论者。当年的有神论者不仅信神,而且还信各种精灵。她说这里的人有一些神秘的传统,这些传统被秘密地遵守,有时一连几代人都信守下来。她说那些极其精明的、幸运的人家,常常会不动声色地豢养一种宠兽:有的养猴子,有的养笨熊。"我们家呢?""我们家,"外祖母一边做活一边说,"等你长大了的时候我再告诉你,我们家养什么……"

外祖母说这话的样子很神秘。她告诉了我一个朴素的、然而在当时足以令我大惊失色的道理:所有的大户人家,要想获得长久的幸福,过得一辈又一辈富裕、衣食无忧,那就必须暗暗结交一个有特异本领的野物。有些野物总是具备我们人类所没有的神奇本事,比如说,它们能够暗中护佑这户人家无灾无难,辈辈平安;个别本领超群的,还会在这户人家毫不注意的时刻搬来一些东西：搬来粮食布匹，搬来林子里好吃的东西……

无论是当时还是现在，我都没有怀疑过外祖母的话。我把她的话告诉母亲，母亲也十分肯定地点头说："是的。是这样的。"

外祖母并未指出谁家曾豢养了这种叫"阿雅"的小兽，只说它长了黄色的皮毛，光亮得像缎子一样；它的尾巴粗粗的，毛儿蓬松；它的鼻梁从脑瓜那儿往下拉成一道直线，很尖很尖；小小的鼻孔，尖尖的牙齿，灵活到极点的身躯……如果它腾跃起来，可以把空中飞动的小鸟咬到嘴里。它的两只前爪很短，但极为灵巧和有力。总之它是一个机灵透顶的家伙。别看它只有一二尺长，像小狗一样，可它的聪明是世上所有动物都比不过的。有一户人家就养了这样的一只小兽，世世辈辈都养，他们称呼它的时候就像发出了一声悄悄的叹息："阿——呀（雅）——"

"阿雅"成了这户人家的一个成员。它在这一家里进进出出，大家都装作没有看见，因为事情最好不要挑明了。所有的家庭成员都小心翼翼地提到它，嗓门压得低低，只说一声"阿雅"来了、"阿雅"走了。他们把院门木槛下边锯出一个洞，正好能容那个小兽进出。有人一旦问起这个洞来，他们只说那是"猫道"。他们围墙外面有一个大草垛子，下面有一个洞穴，口儿小，里面却十分开阔，铺着软草，那就是"阿雅"的窝。

这户人家在过年过节的时候都要大摆酒宴，可是他们从来没有忘记在屋角多摆上一份饭菜，那就是给从不轻易露面的那个特殊家庭成员准备的。当家宴席散了时，再到屋角去看看，那份饭菜真的被动过了，不过只动过一点点。"阿雅"并不需要吃这样的盛宴，它有很多自己喜欢的东西可以吃，它不过是为了满足这户人家的一片心意，就随便吃了几口。它热爱自己的主人，早已经离不开它的主人了。

据说，只有交了好运的野物才能找到一户殷实牢靠的人家收留它。可是它又不需要这户人家做任何事情，不需要他们的庇护，更不需要他们的援助。相反它倒要因此给自己的一生添上永远也没有尽头的劳碌和负担。它要为他们起早贪黑去搬弄东西，去冒险。想想看，它们本来可以在林子里过得多么自由自在，想干点什么就干点什么，可以尽情嬉闹玩耍，不管白天还是黑夜，所有的时间都归自己所有。可是当它从属于某一户人家的时候，这种自由就再也没有了。它们的心要永远牵挂在这一户人家身上了……

2

外祖母讲过这其中的奥秘，她说：那些小动物固执地认为，只有找到了一户人家的"阿雅"才有最好的报应，它到来世的时候也才有可能转生为人。所以只要有机会为一户人家服务，那些小兽大都乐于去做，而且在林子里，在它那一伙里，从此就成为极受尊敬的动物。它们一个个既遭受嫉妒又领受羡慕，到哪里大伙儿都尾随着，用钦敬的目光望着它；它伏在地上解溲的时候，大伙儿也要站在一边观看；它爬过的树，大家都要试着爬一爬；它去过的地方，大家也都要去打个滚儿才舒服。

外祖母说，那时候所有的大户人家都有自己的秘密，千万不要去问他们。因为知道底细的人很少，人们都普遍认为他们是靠自己的智慧、自己的双手才挣来了万贯家财的。实际上啊，那是因为他们在暗地里交往了一个神通广大的野物，这才能让他们不至于坐吃山空，一辈又一辈富得流油。外祖母说：交往任何野物都不如交往一只"阿雅"，它有多么聪灵、多么忠诚啊。有一个大户人家就交往了一只"阿雅"，当这家的老祖宗知道自己将不久于人世的时候，就特意到"阿雅"的洞穴边上祷告了半天。他说自己是个善良的人，他的后一代也是善良的人；为了不让家道衰落，他求"阿雅"千万帮衬他的儿孙们，他们一代一代都忘不了它的恩情。就这样，老祖宗含着眼泪告别了小兽，不久也就死去了。谁都知道"阿雅"是个重信义的生灵，老祖宗将死的那一刻，人们都眼看着一个飘飘的少女样的影儿来到床前，它把芬芳的小嘴凑过来吻遍了老人。它吻过他的额头，又捧起他那双枯黄的手贴在脸上。人们睁大眼睛，却是一片迷离什么也看不清楚。老人就在这快活的安慰中告别了人世。就在他死去的那一刻里，全家人都听到一阵哀哀的恸哭。这哭声在床边旋转着，升上屋梁，很久才飘向窗子，然后消逝在远处。大家都知道这是谁在哭。

老祖宗走了，这个大户人家的另一个时代开始了。他的儿孙们，就像他们的老祖宗做过的那样，每天晚上在窗台放一个瓷碗，里面盛了半碗清水。他们都习惯了，也都知道，在半夜时分，将有一个小兽从很远很远嗛来一颗金粒，将其吐在碗里。那时候所有人都要装作什么也不知道，只安静地睡自己的觉，不准起来偷看，更不准打扰……

"阿雅"具有一种超凡的本领，它能够一口气跑到南山，在大山里找到常人辨认不出的金粒，然后再在天亮之前赶回来，把它吐到那个水碗里。黎明时分，这户人家年龄最大的人要早早起来，他的第一件事就是去察看碗里的清水。如果有一颗金亮的小颗粒，他就高兴得手舞足蹈。当然有时候"阿雅"奔波一夜，最后还是找不到那颗金粒，可它的肚子已经饿极了，就不得不去搜寻一点东西吃，这样才能支撑着疲惫的身子奔回来。

它在这条路上不知奔波了多少年，这些年里所能寻觅的范围越来越大，路也越跑越远。一开始只在周围的河汊里，后来就要向南，奔向那一座座高山了。它已经为这户人家采了一辈子金粒，所有的山溪沟坎差不多都寻遍了，如今不得不跑向更远更远的地方。但是在天亮时分如果还跑不回来，那也只得放弃这一次收获了。因为这是它的规矩：必须在太阳公公露出地面的那一刻，把一切事情全都做好。它有时沿着河畔往大海的方向跑——那里没有黄色的金粒；可是它惊喜地发现，那里有被河水冲涮出的白色金粒。在它眼里白金粒比黄金粒更为宝贵。于是它就噙着回来了。

可惜这户人家的后代只认识黄金。他们认为如今落进水中的只是一些银白的沙石罢了。第一天早上，当那个人洗了手脸到窗前去端水碗时，发现了这颗白金就大失所望，一气之下把它泼到了地上。这一次他有点隐隐的惧怕，预感到有什么不祥的事情要发生。接连两天晚上，水碗里都只是一颗白金粒，他同样愤愤地把它泼掉了。

最后这户人家终于骂起来。他们认为"阿雅"变心了，或许是被另一户人家收买了去，这会儿在存心嘲笑他们糟蹋他们。开始的时候，主人在"阿雅"的洞穴那儿祷告，再到后来就是威吓。他说："我们供养了你一辈子，想不到你这么坏，这么没有廉耻，如果再这样下去，我们就废了你的洞穴。你回到林子里、回到你那个半路做下手脚的新主子那里去吧。"

当他这样说的时候，听到洞穴里传来了一阵泣哭。可他无动于衷，跺着脚，连连吐着说："呸，呸，有脸哭哩。"

第二天早晨，他到窗外去端那个水碗，发现里面空空的什么也没有了。

隔了一天，他再去看水碗，发现清水里又一次有了那个银白闪亮的东西。他骂着，狠狠地把它泼到地上。这一天，这户人家的主人把全家老少都叫到一个角落里，互相使个眼色，然后提着铁锹，拿着木棒，悄悄地向屋子西面的草垛子围过去。那个草垛子是他们先人特意为小兽搭起来的，为了让它便于做窝挖穴。可是这会儿他们恨不能把那个草垛子点上，让烈火把那个负心的东西烤焦，只是因为怕燃着大宅才没有那样做。他们想把它从洞穴里捉住——根据大户人家自己的原则，那个野物一旦变了心，就必须想办法把它铲除，不然的话会留下后患：它会把全部技能和心智都用到另一户人家，让他人暴富；或者它在一怒之下把这户人家所有的宝贵东西一点一点搬空。野物都有过人之处，说不定它还会使他们处处都不顺心，让媳妇生出一个怪胎，让孙子得个怪病，诸如此类等等。他们怀着既恐惧又仇恨的心情把那个草垛子包围起来。有人拿出一面小网，迅速地蒙住了洞口，接着就是用烟熏，用棍子捅。奇怪的是里面一点动静都没有。后来他们干脆用锹挖起来。洞穴全部挖开了，那是一个长长的曲折的洞穴，最里面是圆圆的一个大窝，铺了细细的茸草。

"阿雅"跑了，这个狡猾的东西早就听到了风声，它跑了。

接下来一连几个夜晚，他们都听到一个小姑娘在四周的林子里哭泣。他们听到了，心里什么都明白，恨恨地说："哭去吧，你个不要脸的东西，没有人可怜你。"

"阿雅"一夜一夜不能安睡，它哭啊哭啊，整个林子都笼罩在它的哭声里。这户人家只是恨着它，他们怎么能知道，当它失去了自己的主人时，双重的灾难就降临到它的身上了。一是它有巨大的委屈不能吐露，因为它没有一种语言可以和人沟通，简直是悲哀欲绝，恨不得把自己身上的毛发全部揪光。它有时一口气爬上一棵很高的大树，又猛地跳下来，想用这个办法来消解心头的愤懑。更大的不幸是，四周的伙伴们都开始嘲弄它，往它身上吐口水，说："再也不用神气了，小贱皮东西。"它们骂它，往它身上扔土块，有一次还把一个死去的小老鼠扔到了它的鼻梁上。它忍受着一切，无心反抗，只长久地坐在那里望着西方的落日。每到了太阳落下去的时候，它身上都有一阵冲动，因为往常它都是在这个时辰奔向南山，奔向河口，去那里搜寻一天的喜悦，再把收获小心愉快地投放到那个洁净的水碗里。可这会儿它不能去了。它千辛万苦寻来、含在口中的白色金粒吐给谁呢？它不愿背叛这个人家，永远也不。它想起了与这户人家久远的友谊，想起了他们相处的欢愉和幸福，想起它对老祖宗曾经发过的誓言：永远也不背叛他们。可是从今以后它再做些什么呢？最悲伤的莫过于这个时刻了。往日劳碌中它过得多么快活，简直什么都可以忘掉；它享受了整个林子的尊敬，它的愉快和甜蜜连星星也会嫉妒……它痛苦，犹豫，最后发现只有从事往日的劳动才能免除一切不幸和懊恼。于是它重新奔向了高山大河，重新噙起了白金。

　　刚开始它还想找到那种令主人痴迷的黄色金粒，可它寻了一生，早已把遍地黄金寻个干净，真的再也找不到一粒了。它只得小心翼翼地噙着那颗白金粒，踏上了熟悉的归路。它又要迈进那户人家的门槛了，可是刚刚走近，就发现留给它的那个通路已经罩上了一张险恶的网。它身上像被烙铁烙了一样剧烈一抖，赶紧退回来。多么冒失啊，如果一不小心闯进去，就会被网上的暗扣给死死缚住。怎么办呢？它蹿上院墙，又小心地滑溜下来，然后跃上窗户——那个水碗还在。这一回它聪明了几分，先仔细观察：它发现水碗的下面、离水碗不远处，隐下了什么可疑的东西。那个东西它从来也没有看到过。它借着月光端量了许久，后来终于看懂了，那是一个弹力十足的铁夹子。也就是说，当它走近那个水碗的时候，铁夹子就要打下来，它就会被活活夹住。多么可怕啊，"阿雅"在窗台四周急急奔走，许久才战胜心中的

恐惧。它有好几次想小心地绕开这些危险，把白色金粒吐到碗中的清水里，但还是忍住了。最后它只好噙着它的收获重新跑回了森林……

3

"阿雅"啊，无数的折磨和思念开始了，酸酸的东西不断涌上心头。它望着天上的星星，乞求什么来解救它，解救它的主人——有什么东西蒙住了他们的眼睛啊！有什么办法才能在"阿雅"和那个愚昧的大户人家之间搭起一道理解的桥梁啊！没有办法，没有办法。它等待着，看着星星落了又出……

又待了一天，它实在忍受不住这煎熬，终于下了决心，一定要把口中的白金粒吐到那个水碗里。它不能违背自己的誓言，它记得这个大户人家的老祖宗辞世时说过的话。它被那一段历史深深地激动着，周身热血奔涌不停。它的心怦怦剧跳，全身滚烫滚烫。就这样，它重新来到了那个大户人家的院落。一切如旧，水碗还在那儿，不过那仍然是一个诱饵。陷阱也在。它小心地、凭着无比的灵捷跳到一边，然后又一丝丝地往前挪动。它想用小小的前爪踏着铁夹的缝隙往前挪动。眼看就要成功了，它尖尖的鼻子马上就要沾上水碗了。可就在这时，轰砰一声，夹子的机关被触动了，冰凉的铁夹牢牢地扣住了它的前爪。

在那最后的一刻，它差不多听见了骨头折断的咔嚓声。

夹子声很快引来了一群人。他们举着火把跑来，连连说："逮住了逮住了，叮恶的东西。"他们提着夹子，连它一块儿提起来。

可怜的"阿雅"不省人事，小小的鼻梁抽搐着。就在一家人七嘴八舌议论怎么处置它的时候，它慢慢睁开了眼睛。它的智慧在最后一

刻帮了它的忙：它故意没有把眼睛睁大，而且用力屏住了呼吸。这户
人家里最小的那个小人儿伸手抱住了它，说：

"我要玩，我要玩，我要它。"

年龄最大的那个老太太劝说着，他们就扳开了夹子，把它取下
来。可是他们还紧紧地握着它的前爪。那个小家伙把它抱在了怀里，
对着它的嘴吹气，想让它转活过来。它心里多么感激啊，可是折断的
前爪钻心地疼，它用力忍着才没有呼喊出来。

小家伙摆弄了一会儿，见它没有转活，就把它抛到了一边。这
会儿那个年老的人取来一根绳索，说趁着它还没有转活过来把它绑了
吧，免得再跑掉。另两个人在一边议论说不如干脆的好，于是去找刀
子——就在那一刻，"阿雅"奋力站了起来，在他们还没有来得及发
出惊呼的当口，就用剩下的完好的一对后爪使劲蹬了一下，腾地蹿了
起来。他们连连惊呼，它就在这呼叫声里一口气蹿上院墙，一拐一拐
地洒着血滴跑开了。

它一口气跑进了森林，永远告别了为人类服务的历史。

这就是外祖母的故事。

槐花饼

　　一片片的林子绿起来，一簇簇的槐花开起来，远看似大海中绽开了一堆堆雪浪。

　　我们学校的农场就在海滩上，在百花丛中。早晨，我们去农场劳动，要穿过一丛丛槐棵，让露水沾湿衣襟。槐花真香，蜜蜂嗡嗡叫，大海滩上到了一年里最热闹的时候。放蜂的人都是从天南海北赶来的，说着古怪的异地口音。我们围看他们工作，觉得有趣得很。

　　养蜂人可以在蜂群中钻来钻去，蜂子不蜇他们。不过割蜜的时候，他们要戴上面罩，像救火队员的样子。我们跟他们要蜜吃，他们就用一柄小小的勺子舀了一点，让我们一个一个舔一舔。他们不舍得。

　　还是看林子的严爷爷好！他自己掏钱，买了蜜让我们掺了水喝。那多么棒！就为了喝到甘美的蜜水，我们也乐于到农场去劳动。

　　想一想整天坐在教室里的滋味，真是难受极了！大家谁不渴望早些到大海滩上去。我们要耐心等待——农场里种花生时，需要更多的人手，这时我们高兴得就像过节一样。

　　农场上有一个小草屋，那是严爷爷搭成的。他在草屋里住了很多年，看护林子，如今也看护我们的农场。草屋被烟熏黑了，有一股烟火味儿。里面挂着草药、火绳、干鱼。可我们从来未见他打下了什么野物，虽然他有一杆又黑又大的土枪。他说："不能打它们，它们不易。"我说："打一只老鹰不好吗？"他还是摇头，说：

"伤天害理。"

老人的心真好。

他的鱼都是在海边上捡的、用鱼钩钓的，这些鱼最大的有三尺多长，满是鱼油，肥透了。干活累了，正好老爷爷的鱼也焖好了，他招呼我们吃几口，我一辈子也不忘那股鲜美味儿。

有一次我吃了两种鱼，觉得味道太不一样了。严爷爷笑笑说："这是海鱼，那是河鱼——芦青河里的鱼。它们可不是一个味儿！"接着老人家告诉我们进河逮鱼的故事：冬天，河上结了冰，他踏着坚冰走上河中央，然后在冰上凿洞。河里的鱼喜欢呼吸新鲜空气，都聚到冰洞这儿了，那时他就设法逮到它们。

老人家还饲养了两只刺猬、一只鳖。这些小东西都是自己送上门来的：一天晚上老人觉得有什么在门外咳嗽，开门一看，见两只刺猬伏在那儿；一天早上他沿着海边往芦青河入海口走，走了没有多远，就发现一只鳖昂着小头颅向他爬来……他将它们饲养起来，给它们东西吃。

严爷爷会吸烟，不过点烟斗时不用火柴，而是故意用一块铁板敲打白色的小石头——火花儿嗤拉一下溅出来，燃着了盖在烟末上的一层灰面，接着烟斗冒烟了。多么神奇的点烟法，我那会儿相信这世界上也许只有皇帝才会这么点烟。我不明白，不明白这种古怪的器具奥妙在哪里。我试着敲了几下，火星儿虽然也飞出来，但又弱又少……他告诉我那块铁片叫"火镰"，是纯钢做的；白石头叫"火石"。从此我留意给他捡拾沙滩上的火石了，很容易就捡了一堆。严爷爷瞅瞅石头说："这够我两三辈子用。"

他吸的烟是自己在海滩上种的，据他说这种烟是世上最香最醇的。我们试着吸了一口，都辣出了眼泪。严爷爷大笑。他还当着我们的面搓碎了干榆叶、槐叶儿塞进烟斗，有滋有味地吸起来。"大海滩上的烟又多又好，住这儿有吸不完的烟。"他这么说。

养蜂人跟严爷爷好，常常白送他一些蜜。老人为他们义务守着蜂箱，用土枪驱赶那些祸害蜂子的野物。蜜掺在水里、饭里，吃起来多么棒！我们没有多少更高的革命理想，心想长大了能像严爷爷一样来海滩上看林子也就幸福了。

老师让我们多跟老爷爷学习革命本领。来海滩上开门办学，目的就是接老人的班。可是大家心里都清楚，老爷爷只有一个班，谁接了好呢？再说他身体好得很，打算一辈子住在小草屋里！不过我们一想到来学他的好思想好作风，又觉得太有意义了。老师说："要学老人家那样……"于是我就吸烟，不过不让烟呛着。老师发火，我就说："我学严爷爷！"我和同学们烧东西吃，烧小野萝卜、野蒜，什么都烧了吃，吃得嘴上黑乎乎的。老师发火，我们说："俺学严爷爷！"

有个刚来学校的女教师比我们大不了多少，她很漂亮。她被同学们气哭了。严爷爷慈祥地用手拍拍她的头，说一些鼓励她的话，她立刻就不哭了。严爷爷骂我们，怪好听的。他伸长巴掌打我们，谁都用不着躲闪，因为巴掌打在身上怪好。

有人放出冷风说："如今的学校还像个什么样子，让看滩看林子的老头胡掺和，学生不像学生，老师不像老师，还办什么农场……"冷风吹进学校，大家都气得要命！非要挖出那个钻在阴暗角落里的坏人不可。我们认为：正是开门办学，使大家学到了本领，增长了才干，经了风雨，见了世面。而且我们对人类应该有更大的贡献：学校每年向国家缴售很多花生。而且，我们在农场那儿过得真正愉快！我们拜养蜂叔叔为师，他们也热爱新一代接班人；最有意义的还是与严爷爷在一起的时候。大家每时每刻都感到了生活的意义，都在进步。我们听老人讲了无数有趣的故事，懂了很多道理。他的故事用船也装不下。

播种花生的日子里，是大家真正的节日。再也不用坐在屋里上课了，快跑到大槐林里吧！快去找严爷爷吧！我们一见到他的大白胡子就高兴！

夜晚，我们几个同学主动提出留下来过夜，帮老人看护花生田——我们说，天黑下来，有野物出来扒花生种子——这当然是说谎了。等其他人走光了时，我们喝过了老人亲手做的蛤肉汤、吃了玉米饼，就围上老人听故事了。老人抽着烟，慢声细语地讲着。我们不时插一句话，把故事引得又弯又长……哈哈的笑声直洒到老远老远。

"严爷爷，你在林子里快一辈子了，见过狐狸精吗？"

"见过。"

"什么模样？"

严爷爷磕磕烟斗，"什么模样的都有。狐狸变人是真事儿——不过不能这么说，这么说就是迷信了。咱还是先说点吧……有一年上我去林子里找野瓜吃——那时候树下生了些野瓜，偷偷地熟了，你不吃它就烂掉了，怪可惜。野瓜的味儿比什么都好，你们是吃不到了。我找野瓜吃，走了一路，后来闻见一股香味儿，知道离它不远了。

"我立刻来了精神！嘿嘿，准是个甜脆瓜，长了金黄道道的那种！我那时年轻，贪嘴，吃东西吃不够。我三转两转来到一棵松树下边，一眼看到了一棵肥绿的瓜秧儿。我蹲下来刚要摘瓜，有个小白手儿把我挡住了。我抬头一看，天，是个脸儿红红的大姑娘！

"大姑娘说这瓜是她看见的。我有些恼，心想你先看见为什么不摘下？分明是哄骗人！这样想着我就冲口一句，'你先见了还不早吃下肚去哩！'那姑娘笑嘻嘻的，'俺是先喜欢它一会儿，舍不得！'你听听她多么会编！我气得手都打抖，要知道我口渴哩，被瓜的香气顶得受不住哩！

"大姑娘怪害羞的。我这才看了看她，觉得是个好看的人儿。我那时年轻，还没有媳妇，不愿跟女人打架吵嘴。我看了她两眼，想让给她个瓜算了，我再找去！谁知我刚挪步儿她就说了，'急什么急！你摘去吃了吧！我又不是非要吃它。再说我不舒服，不能吃冷东西……'

"我吃瓜时礼让了姑娘，她也就吃了一小块。当我走开时，她也随我走了。我们一路拉着呱儿，不知累，也不知方向，走着走着不知走到了哪里。我说：'坏了，听不见芦青河流水声了，找不着家了！'姑娘说，走就是，先到她家里坐一会儿，歇歇，吃顿饭呀。我说不吃不吃。说是这样说，我还是跟她去了……"

大家都笑了，一齐问着严爷爷："后来呢？""她的家也在林子里呀？"

"哼，走了不一会儿，还真的出现个小茅屋。柴门一开，姑娘把我让进去，说一声到了，又叫爹——里面什么也没有。姑娘说爹爹是个老猎人，常年住这儿。我当时没起什么疑心——这方圆几十里的海滩林子，我可是熟透了的，哪有什么久住的猎人！可我没往那上边想。

"吃饭了，姑娘要烙槐花饼给我吃——我可从来没吃过这东西，再说那个季节也没有槐花呀！姑娘说他们都爱吃这饼，每年春天捋很多槐花晒好，备用一年。只是槐花饼顶数用新鲜槐花做的好吃！"

严爷爷讲到这儿，大家都咂嘴。

　　"她把浸好的槐花从水中一捞出,我就闻到了槐花的香甜味儿。接上她又调面、揉盐,可真舍得使油啊。她拍拍打打做饼,我在一边看着就想,她要是我媳妇多好啊!这么想,心里就不急着走了,只想好好地吃一次槐花饼。'槐花儿,甜糯糯,做饼儿,软嘟嘟,吃肚里,喘嘘嘘……'她一边做一边唱,大辫子垂到腰上。

　　"一会儿饼蒸上了。香味儿顶鼻子!我说:'他家大姐,你的好饭不用吃就知道味道,俺馋了!'她在一边看着我,直笑,一笑露出白白的小细牙。我现在还能想起那小牙的模样儿……饼蒸熟了,她揭了锅盖儿,端上来。我咬一口,哎呀,真好吃啊!艮艮的松松的,一咬一唧咯,又咸又甜又香。俺从来没吃过这么好的饼!这饼到底也数不清有多少瓤儿,反正是好哩。我嘴角上全是油呀芝麻什么的,一口气吃了十个小饼!"

　　馋死人了!同学们对视着,皱着眉头,咽着口水。"槐花饼!槐花饼!"大家嚷。

　　"吃过后,我让她细细地讲一遍饼的做法,俺要记住!她讲过了,不过又说愿吃你就来家里,欢迎哩欢迎哩!说是这么说,俺还是要自己学会做这种饼……那天我直玩到天色晚了才走出来。一个姑娘家,她爹爹不在屋里,我不想多待下去。她倒说:'待些时候再走吧!'我想俺不了,俺走吧,俺心里怎么就一个劲儿扑腾呢?这么寻思着,抬腿往外走了,天原来黑了。我走啊走啊,老觉得前面有盏灯引路。我这样走了没有多会儿,一脚踏上了芦青河堤!河水哗哗流着,我心里踏实了。有了河水指引,我很容易就能摸到我的小草屋!"

　　老人高兴地叹气,吸烟,咳嗽。他瞥瞥我们几个,问:"还想听吗?"

　　"想呢!严爷爷,后来呢?"

　　"后来,后来我把整个大海滩都找遍了,也没见着什么猎人的老屋！这一下我才算明白了：咱遇上了狐狸精！一点不错，是那东西……我事后才知道害怕，心想我跟一个野物过了半天，还吃过它亲手做出的饼。唉，不过饼倒是挺好的。打那儿以后，俺就常做这饼吃了。"

我笑着问："狐狸为什么要变成人呢？"

老人摇摇头，"不知道。我也这么想。后来我琢磨：它们和人的性情差不多，喜欢凑热闹。不过它们明白，人们见了它们就要动家伙打，放枪；它们要跟咱们亲近亲近，也就剩下装扮成人这一条路了。你们看，狐狸也是好心，装成好看的大姑娘，还传给人做饼的高招儿！"

老爷爷重新装了一锅烟，又把地上的火堆燃旺。天上星，亮晶晶，一颗一颗耀眼明。露水珠儿从一边的槐枝上跌下来，甩到了我的脸上。我折下几朵槐花嚼了嚼，真香啊。我在想那种饼的滋味儿。

这会儿有个人唱着歌走来了。近了，大家才认出他是附近的放蜂人。他的手里提着一瓶新蜜，老爷爷高兴地收了。放蜂人坐下，大家一块儿玩。停了一会儿他又说："你们可不要去惹蜂子，它们火了能蜇死人！前些天不知谁在一个蜂箱边上点了一堆火，烟气呛坏了一箱蜂子……"放蜂人气愤地说。

严爷爷停止了吸烟，说："是吗？要真那样，就不是同学们的事儿了！那是阶级敌人搞破坏……哼哼，不能粗心大意哩，不能哩。"

我们也都瞪大了眼睛。

火苗儿往上蹿着，像要去燎天上的星星。大家嫌烤得慌，都往后撤了撤。

这会儿放蜂人又说："我想请教严爷爷一下：如今河里的鱼不上钩了，到底是咋回事？"

老爷爷低头想了想，"鱼饵不对吧？"

"哪能！哪能不对？俺一直使用蚯蚓，过去一直是这样……"放蜂人说。

老人摇摇头，"鱼和人一样，吃久了一种食物就厌呢。今年也许河岸上的虫虫多了，它们再不想吃荤了。这么着，鱼钩上换面团试试……"

"面团经水一洗不就散了？"放蜂人摊着手。

严爷爷挥挥烟斗，"用面筋——再过过油，香喷喷鱼保准爱吃！"

放蜂人笑了。他坐了一会儿就离开了。

由于刚刚谈到鱼，大家就缠着老人讲讲鱼的故事。老人说没有没有。大家又缠，老人就讲了——

"有一年我去芦青河钓鱼，蹲在河岸上，一天也没见个鱼影。天快晌了，有个大浪头一扑，然后从浪里钻出个黑皮肤老头儿。他撸着脸上的水说：'你在这儿下钩子，害得我不能洗澡，你的钩子扎了我肚子咋办？'我火了，'你从哪儿来？再说我钓我的鱼，你洗你的澡，两不碍！'黑皮老头儿说：'那不行！我天天在这片好水里洗，这里的水鲜凉！'说完又撸了一把脸，钻到水里去了……

"下午，我还在那儿钓鱼。一会儿那个黑皮老头又从浪头里钻出来：说：'这儿是人洗澡的地方，你这个老人家好不好远些去下钩子，嗯？'我沉不住气了，就说：'你老也真怪，这里哪有人洗澡？还不是就你一个人？你还是少管些闲事吧！'黑皮老头气得脸都红了，一撸头上的水花，钻到河底去了。

"我那天也气得不轻，心想我的鱼都是你给赶跑了的，我偏不走，偏要钓一条好鱼回去煮了吃不可！就怀着一股拗劲儿，我蹲下去，两腿麻了也不走。又住了一会儿，就是太阳快落山的那一会儿，浮子一沉，有鱼上钩了！我赶紧拉杆提线，渔竿弓成大弧，怎么也提不起。
好大鱼！好大鱼！我想这得慢点来，可别挣脱了钩子放跑了鱼。我一
丝一丝拉线，只觉得有大鱼在底下扑棱。我那个耐心！我不慌不忙地
收渔线。哎呀好沉的渔线。"

大家都一声不吭地听。

"拉了又拉，线儿松松紧紧，好不容易让我看见了乌黑的脊背。
我见那鱼太大，吓了一跳。鱼给我弄乏了，它不怎么跳，被我拖到了
岸上。我一看，天哪，它的眼又大又红，我觉得真像人的眼。我盯着
它，它盯着我。这条鱼我一辈子也没见过，通身乌黑油亮。我把钩子
小心地摘了，又端量它。它忽然流出了眼泪！哎呀，它还会哭！

"我的心给哭酸了，心想大鱼啊，你长这么大也不容易啊，像我
一样，也是个老东西了，你说不定还儿女满堂哩！想着想着我站起
来，说一声：'罢！'抱起鱼来放进了河里！"

大家嘘着气，不知惋惜还是怎么。

老人接上说："我这一辈子就办过这么一件了不起的事。事后我才
想明白，那条大黑鱼就是那个不时钻出水浪的黑皮老头啊！是他让我
给钩住了——我的钩子下在了它的家门口，怨不得人家出来赶我挪窝
儿！我该放了它，我可不能打一个老东西的主意！"

同学们大口喘息，都说：真有意思啊！真有意思啊！

就这样我们在海滩上度过了一个愉快的夜晚，都没怎么正经睡觉。

花生棵儿慢慢生出来了。它们像娃娃的小巴掌，自己扒拉开沙
土，伸出瓣儿来。

严爷爷告诉我们：要防止兔子，那家伙就爱吃新花生苗儿！果然，
我们不久就看到了尾巴卷起的兔子在花生地里乱跑。我们就大声呼
喊，吓唬它们。有的同学还故意这样喊："兔子尾巴——长不了！"大

家大笑。

因为要赶兔子，保住劳动成果，我们几个身强力壮的男同学要求在小草屋里住上几个夜晚。学校同意了。这是开门办学的日子里最值得怀念的一段儿，我们今后要把这一切都写进日记里。

我吃了很多鱼干和野味儿，与严爷爷一起把它们架在火上烤。老人家教着我们烤东西：怎样转动铁棍儿、怎样辨认熟不熟。那是很难的。他在野外生活了一辈子，所以才能有这么多的经验。我们都明白了这样的真理：群众是真正的英雄！

老人家的衣服破了，裤子破了，就自己缝。后来我们告诉了老师，她说："我来缝。"严爷爷说："哪能！我身上脏……"老师一把就夺过去了，说："脏什么脏？资产阶级思想要比这脏一百倍。我觉得您老人家是最干净的！"老师说得多好啊！老人家说："你像我亲生的闺女一样……"老师问："大爷，您为什么没有老伴呀！"严爷爷咳嗽着："没有。""怎么没有呀？"老人说："没顾得娶，那年月兵荒马乱的……"说完又大声咳嗽。

一个晴和的白天，午饭之前，我们不约而同地想到了吃槐花饼——南风把槐花的浓香一阵一阵吹来，仿佛在催促我们：做饼吧做饼吧！槐花无比鲜艳，无比繁茂，像一架架小山一样压在绿枝上，枝条眼看就承受不住了！还不快取下花儿做饼！大家要求严爷爷做饼，严爷爷笑眯眯地答应了，准备起来。

他备好油、盐、芝麻、葱花，又把小铁锅搬到草屋外边架好——"外面亮堂，得眼。"他这样说。老人一遍一遍净手，挽起衣袖，一看就知道他要做一件大事了。

我负责烧火。另有人负责抱柴草。其他人分工在田里瞭望。

严爷爷把面和好，然后又取来鲜嫩的槐花儿摊上，撒盐和芝麻，然后用面片盖上；接着又是抹油，又是依次摊、撒；一叠叠积了好多层，就用手耐心地拍打起来，"啪啪，啪啪！"一张大饼给拍得油光光、胖乎乎，又给分成了很多小饼。

这时锅烧热了，抹了少量的油，小饼就烙起来；烙一会儿，又开始蒸。香味儿简直大极了，饼好不容易熟了。

吃饼时，大家围在一块儿。我没法说它有多么好！我只想说：满海滩的槐花都该采下来，做成一张又大又好的饼……

吃过饭后，大家唱起了歌。歌声一阵阵，随着风儿飞出海滩，飞到了遥远的天边。严爷爷也唱起来，他的歌粗粗的，掺在我们之间，好听而又带劲。

这天傍晚，我们逮到了一个故意破坏我们花生田的坏人！他就是附近村里一个坏蛋，旧社会是地主阶级的走狗：给大户人家跑腿儿。他成天无所事事，好吃懒做。这天，他到海滩上来拔猪菜，却故意踩我们嫩嫩的花生棵，一脚踩倒一棵，好狠的心！我们问他："你为什么要这样干？"他说："不小心踩着了……"严爷爷挥挥手说："不用问他了，先押进小屋，然后去报告村里。他肯定没安好心。"

还是严爷爷说得对。当我们去报告了村领导之后，领导说："敌人自己总要跳出来。他对新生事物总是看不惯！他要破坏我们的农场。前不久放出冷风来，说如今'学校不像学校、老师不像老师'的人，就是他。支部里已经调查出来，还决定开他的批斗会，想不到他自己表演起来，那好嘛！你们发现及时，不然他还会做出更坏的事情！"

那个夜晚由学校和小村联合召开了批斗会。会址就定在严爷爷的小草屋前面。支书和校领导讲了话，然后欢迎严爷爷讲几句。老人说：

"有人说我一个老头儿往学校里胡掺和。不错，我要为革命掺和一辈子！我也不是今天才住这小草屋，也不是昨天，俺是小草屋里的老住户儿！开门办学就是好！学生娃儿不是别的，他们开了门儿聪明，一关门儿就痴。要接好班，就得大开着门儿！不是吗？"

我们带头鼓掌，都说严爷爷讲得好。接上，我们的老师领头呼起了口号，口号声震动夜空。

那个坏家伙在一角缩成一团，再也不敢张狂了。

这个夜晚，人群久久不愿散去。大家的情绪都高涨起来，互相交谈着。老师们和村里人都成了朋友。谈到了农场花生的产量，村里人都竖大拇指。老师说：这要感谢严爷爷，都是他指导得好啊！每逢到了关键时刻，都是严爷爷指导同学们怎样做。他才是真正的老师！

老师们又表扬了我们几个主动留下过夜的同学，说我们跟革命的老前辈在一起，一定会茁壮成长。

花生苗儿在月光下闪亮，上面有个露珠儿。

即将与老师分手的时候，我们突然想起了要请他们尝尝我们的槐花饼！严爷爷笑吟吟地掰了饼送给老师们，老师们一人吃了一点儿，连连称好。正在这时，突然角落里传来一声哀求，原来是那个坏蛋在说话。他说："也给我一块吃吧！我从中午到现在还没吃一口饭，饿得慌……"

"呸！坏东西！你想得倒美！你滚回去吧！"有个同学嚷。

坏家伙仍然伸着手，那手又脏又黑。

严爷爷鼻子里哼了一声，起身到屋里掰了一块，严肃地递给他："吃吧！吃了好好改造，别那么多痴心妄想……"

坏家伙低低头说："是啦。"说完把槐花饼填进嘴里。

他几乎没怎么嚼，咕咚一声咽进了肚里！我们都给吓了一跳。

"走吧走吧！坏东西……"大家嚷着，他一头钻进了林子里。

　　人们都离去了。我们围着严爷爷，重新拨亮了火堆。火苗儿蹿跳着，一下一下，把大家的脸都映得通红……老人家又取了火镰点烟斗了。他啪一下点着了，长长地吸了几口，笑了。

　　"讲个故事吧严爷爷！"有人要求。

　　"讲个故事……"我也恳求。

　　老人咳一声，说："今夜好大的露水……我寻思那些养蜂人也没有睡哩，咱找他们玩去吧，咱一边喝蜜水，一边讲呀……"

石 榴

树的年纪比人的年纪大，这好还是不好？人的寿命如果比树的寿命大，不是自然而然的吗？然而往往不是这样，不是……

姥娘小时候栽下的石榴一年一年结出甘甜的果实，可是姥娘早已去世了。我吃着石榴，用手掰下牙齿似的籽粒，就像在挖掘隐藏在这奇妙果实中的故事。

外祖父死得更早，他，我们都没见过。姥娘不怎么说他，好像是一个不会怀念亲人的人。妈妈告诉了很多外祖父的事情，使我们知道自己曾有一个了不起的长辈。

外祖父个子很高，很白很白，去过海外，做过一些惊天动地的事。他来到这座小城时，已经是四十岁的人了。那时小城还是敌人霸占着，一到晚上谁也不敢出门，连狗也不敢大声叫唤。可是外祖父夜间总不沾家。

"姥娘呢？"我问。

妈妈说姥娘夜里等男人回来，一夜一夜不睡。她不是个文化人，可她知道听男人的话。男人在做什么大事情，她心里明白。

来小城之前，外祖父骑过大马，打过裹腿，呼啸的子弹从他耳边飞过。他会使大刀，在马上劈着敌人。那时姥娘跟他一块儿住帐篷。外祖父有一次回来，姥娘给他脱衣裳，一脱靴子，里面流出一摊血。原来他伤了脚。

外祖父来小城时，后背上已经有了三道砍伤。那伤口有说不完的故事，可妈妈说不明白，姥娘也不讲。

姥娘的娘家也在这座小城里。小城里有个港口，敌人格外看重，因为要从这里往外运金子。外祖父快在外面野了半辈子了，又被人鼓动着，跟姥娘回来住。"小城的女婿来家了！"姥娘对熟人这么说。"你家姑爷在外做什么？"熟人问姥娘家里人。姥娘抢答："做生意……"

这时石榴还在院角，彤红的骨朵刚出来。姥娘说这是她小时栽的，喜欢得了不得，第一天就端了水浇。那不久有了妈妈，妈妈是看着石榴一次次结实、一次次被摘下的，心里也就装满了关于它的故事。

外祖父也真像个商人。他与港上的朋友交往，喝酒，打牌，什么都干，有时回来呕一些东西。姥娘为他擦身子，为他端水，从来不说一句难听的话。

"你家男人不学正经了！"邻居对姥娘说。姥娘回一句："他是俺信得过的人。"接上再不答腔儿。姥娘搂着女儿睡觉，夜晚真长啊。天墨黑，没有月亮，狗叫一声姥娘就醒来。女儿哭了，她到院里摘一个石榴给她玩，女儿玩着玩着就睡了。

石榴好不容易熟了。外祖父把石榴摘下来，用一个大皮包装上提走了。妈妈说你一个不留吗？姥娘说你爸用石榴换回更好的东西，可好了。那时妈妈还小，她一听就高兴了。

　　两天之后，外祖父回来了。他一副十分疲劳的样子，胡子长长的，好像两天里老了好几岁。姥娘帮他收拾带回来的东西，从皮包里一个一个捡出石榴来——石榴没有卖掉！

　　那时妈妈抓起一个石榴就掰，姥娘伸手拦住了。妈妈大哭着。连个石榴都不让吃，还是自己家种的呀！

　　那以后不久小城里发生了事情：敌人从港口上运出金子，汽船走到半路被截了。这件事轰动了全城，都知道敌人的金子没有运走。金子给劫到了哪里，倒是谁也不明白的。敌人疯狂极了，在小城里搞搜查，对居民看管得更严了，动不动就抓人。

　　外祖父仍旧像过去一样，大部分时间泡在港上，港上的头儿换了，后来也还是跟他成了朋友。有一回港长还请外祖父去吃饭——那是一个礼拜天，外祖父穿上礼服，戴上礼帽，年纪不太大还要拄着闪闪有光的小拐杖。他挽着姥娘的手，姥娘死也不肯与他一同走。

　　那一回，外祖父真的火了。妈妈回忆起来还有些害怕。她说："天不早了，你姥娘还是不肯走。她一会儿说没衣裳穿，一会儿说出不得门。你外祖父气得把手杖都扔在地上。打我懂事起，记得这是他第一遭发这么大的火。"

　　当然，后来姥娘还是去了。她跟着外祖父，不情愿地让他挽着手。那天他们在港长家做客，玩得似乎并不愉快，因为妈妈说他们回来一句话也不说。姥娘坐了一会儿就去给石榴浇水，用手把一个个枯叶和干枝扳掉。

　　石榴长得又大又好。邻居家都夸我们的石榴长得好，那口气是想要我们送他们一个才好。姥娘别的东西都舍得送人，唯独送石榴不行。那时候小城人有个习惯，都愿弄一个大石榴摆在屋里看。一直等到它干了，干成一个小球似的也不扔掉。

姥娘的样子显得比外祖父年纪大，她的头发差不多白了一半。妈妈说给她梳头时，发现她的头上有一处大疤痕，一问，才知道是怎么一回事。

原来姥娘是外祖父家的一个丫环，后来跟外祖父好上了，她的婆婆就怀恨在心，拿起捶布的棒子，一下把姥娘的头打破了。那回她差点死了。她的伤好之后，外祖父表面上与她不再来往，后来在一个大雨之夜两人跑了，并且再也没有回去。

外祖父参加了革命的队伍。

姥娘跟着男人东跑西奔，过得不容易。妈妈说天底下的苦事都让老人尝遍了，她的身体弄坏了，肯定没有大寿。特别是外祖父的死，一下子把姥娘给击倒了。她也不知道自己是怎么活过来的，也许是恋着亲生女儿吧？

外祖父的死妈妈还记得一点。她说那天跟平常一样，他吃过早饭，穿整齐，然后提上皮包到他的朋友那儿去了。天黑了他还没回来，而姥娘对这种事已习以为常了。又是两天过去了，姥娘沉不住气了——因为外祖父走时没讲要出远门。她到港长那儿，港长沉着脸，再也不像过去一样了，说："你家男人走私金子，被抓起来了。"

姥娘拖着沉甸甸的腿回来。她托了几个人，他们来来去去传送消息。外祖父关在什么地方谁也弄不清楚。姥娘心里明白，男人哪里是走私金子啊！他才不爱财呢！他要爱财，就不会抛下万贯家产投奔革命了！

后来坏消息被证实了：外祖父早在好几天前——也就是失踪的第三天上就被敌人杀掉了。

他死在港口西北边的沙滩上。那里有一片矮矮的松树。

他死的前一天，设法托人转出一个石榴。他说这石榴是某某人的，是他的一位好朋友的。这个石榴谁也无权吃掉，只能送给那个人。过了好久，这个石榴也就到了姥娘手里。

姥娘捧着石榴哭啊哭，说天哪，石榴花儿像血一样红，结出的石榴籽儿也像血一样红！

妈妈也哭，姥娘哄着她。

姥娘千方百计寻找外祖父那个朋友，后来终于找到了。那是个长络腮胡子的红脸膛的人。他接过了石榴，用手掂着，泪水在眼眶里闪动。这样掂了一会儿，他当着姥娘的面把石榴掰开了。随着红色的汁水往下流淌，石榴壳儿啪啦开了，里面有一块金光闪闪的东西！

不用说，那是一块金子！

那个人紧紧握着姥娘的手说："他是革命功臣……他为革命筹集了大量资金，战斗在小城里！他的石榴，都有一颗金子心，像他本人一样。革命需要医药，需要子弹，需要被服……这一切，他完成得再好也没有了。人民不会忘记他的。"

姥娘回来了。她一直就住在自己的小屋里，那里有她小时种的一棵大石榴树。从此她成了个沉默的人，不提自己的男人，也不愿与邻居交谈。

越来越多的人知道外祖父是个走私金子的人。邻居都说："咱早看出来了，那个人不学正经。"

姥娘一句话也不说。她不想解释任何事情。她只是与女儿生活在一起，给她洗衣服，教她做饭、认字——她仅仅识一些简单的字，就全教给了女儿。

有一年春上络腮胡子派人送来一些钱，说是补贴抚恤金之类的。

姥娘流了泪。她不接受，坚决不接受。那人只好又带走了。

妈妈说她怎么也想不到姥娘历尽艰难还能活那么大年纪。她一直活到九十四岁。有好多年她是不被理解的，直到后来人们才知道她是一位革命的老妈妈。

姥娘去世了。小院里关于她的痕迹已经不多了。外祖父的痕迹更小。他的大皮包、他的衣服，早在他刚去世时就找不到了。只有那棵石榴树记录了些什么东西。

清明节时，我总要与妈妈做一件事情。我们要到海港西北面的沙滩上去。那里如今已经是松林茂密了，遍地开着野花。紫色的小果子干结在枝条上，那还是去年的果实呢！妈妈指点着告诉我那是外祖父的坟。我哭着，在心里发誓要继承他的遗志。姥娘的坟与外祖父的坟立在了一块儿。坟上开满了迎春花。

我认为天下的石榴没有会比我们家这棵更甜的。它的个儿大，颜色红，又圆又亮。它的花朵密得很，真正像火一样。石榴结出来了，我和妈妈勤于浇水、施肥，眼望着它长大。我想姥娘和外祖父如果看到它，会高兴的。

美丽的秋天又来到了。

石榴成熟了。我们做的第一件事，就是选两颗最红最大的石榴捧上，到松林里去，摆在两个坟前。

与姥娘不同的是，妈妈乐于把石榴送人。我们的邻居都吃过我们的石榴。每逢石榴成熟的季节，他们就知道我们快送去石榴了。他们都把它摆在最显眼的位置上，这使我十分高兴。

尽管我知道这石榴是刚从树上摘下不久的，它不会与其他的石榴有太大的区别，可我还是一直企盼着奇迹发生。

　　我希望能在石榴里面发现点什么。

　　一个大石榴被我小心地、一下一下地掰开，红色的汁水流出来，石榴壳儿发出啪啦啦的响声。它全开了，里面除了饱满的籽实什么也没有……

　　——我常常这样做。

蝉 唱

小蓓蓓住到了大果园里。爸爸妈妈把她送这儿度暑假，让她跟奶奶住到一起。

大果园里怪清闲的，那么多树，那么多花，那么多草，就是没有多少人。奶奶是一所乡间小学的老校长，从退休起就一个人住在这儿。除了她之外，大果园里还有一个人，那就是看果子的大眼叔叔了。

小蓓蓓常坐在奶奶怀里，当然和奶奶最好；大眼叔叔在园子里走来走去，一双大眼警觉地睁着，小蓓蓓有些怕他。有一次她在奶奶怀里问："她为什么叫大眼叔叔呀？"奶奶说："因为他的眼大呀！"

小蓓蓓第二天大着胆子走近去望了望他的脸，果然发现那双眼特别大。她转过身，"哈哈"笑着跑向奶奶，老远就扑了过去，搂着奶奶的脖子小声说："嗯！"

"'嗯'什么呀？"奶奶问。

她用小手捂一捂奶奶的眼，"眼大，老大！"

夜晚，风真凉爽。小蓓蓓吃了饭，像过去一样，看着奶奶给窗台上新插的一朵玫瑰添些清水，然后跟奶奶来到大树下。她还是像过去一样坐在奶奶的怀里，把头仰在奶奶的肩膀上，数树空里露出的星星……她说："奶奶，讲个故事吧，你不是有好多故事吗？"奶奶说："成天讲，哪来那么多故事呀！还是听听歌吧……"

"听什么歌呀？"小蓓蓓奇怪地瞅瞅奶奶的眼睛。

"听树上的知了唱歌。你听，这搭儿唱：'嘎呀嘎——'那搭儿唱：'啦啊啦——'"

小蓓蓓乐了！她用心地听着树上的知了怎么"唱歌"。听了一会儿，她说："我听出来了，它们唱'嘎呀嘎——''啦啊啦——'它们大合唱呢！"

奶奶笑笑说："也有独唱。你听，这个唱：'笛——'那个唱：'咦——'"

小蓓蓓跳了起来，她拍着手，模仿着奶奶的声调喊："'笛——''咦——'"

正这时候，知了突然一下子都不叫了。

"奶奶！"小蓓蓓一愣，接着焦急地喊了起来。

"怎么了呢？"小蓓蓓问。

"怎么了呢？"奶奶也不解地站了起来。

老人听了一会儿，然后"噢"了一声说："有人惊着它们了——林子里有人在吆喝什么呢！"

果真有人在大果园里吆喝着："站住！站住——"

这呼喊怒声怒气的，由远而近，渐渐变得清晰了。小蓓蓓终于听出是大眼叔叔在喊。她有些害怕地叫了一声："奶奶……"

不一会儿，大眼叔叔大着步子走过去。他背着一杆土枪，腰上扎着皮带，眼神很严厉，气喘吁吁的，一见到奶奶就问：

"见到一帮孩子跑过吗？"

奶奶用手拍打着小蓓蓓，笑眯眯地说："没有呀！孩子进园子了吗？"

大眼叔叔没来得及回答，支吾了一声就急匆匆地走了。……

小蓓蓓见大眼叔叔走了，这才从奶奶怀里钻出来。她问："奶奶，大眼叔叔的枪，打人用吗？"

"哪能打人呢！"

"那他怎么背着找人啊？"

"他习惯了，背着好玩——看东西的人都背的。"奶奶语气缓缓地说。

小蓓蓓又要说什么，奶奶眯起眼睛，把她搂到怀里拍打着，"你什么都爱追根问底儿呀！还是听知了唱歌吧，闭着眼睛听——"

小蓓蓓听话地闭上了眼睛。

她听见它们又开始合唱了。啊，合唱，它们在树的枝丫上一动不动地趴着，又没有谁打着拍子，怎么就能唱得齐整呢？知了，知了，真是天才的歌唱家呀。小蓓蓓听着，心里琢磨着，笑了。……听了一会儿合唱，她又在寻找那"笛——""咦——"的独唱。可惜没有独唱。她又耐着性儿听了一会儿，突然听到一个知了在不远的地方"嘎——"地叫了一声！

小蓓蓓睁开了眼睛——她立刻惊住了！

眼前，站着四个小孩子，三个男的，一个小姑娘。他们都一动不动，直直地瞅着她和奶奶。那鼓鼓的小口袋里，又传来"嘎"的一声。原来那里面盛的是知了——它在他们的小口袋里唱歌呀！

奶奶赶紧站起来，扳住前面的一个小男孩的肩膀问："你们黑夜里来园子做什么啊？"

"我们……"小男孩嗫嚅着，回头看了看三个伙伴。

伙伴里有个大点的男孩儿追上一句："来逮知了的！"

"呀，逮知了的！"小蓓蓓高兴极了。她蹦到他们跟前，非常友好地问："知了好逮吗？它不飞吗？逮了多少呀？"她笑着，问着，还伸开小手儿去掏前面那个小男孩鼓鼓的兜兜。

小男孩绷着脸，有些害怕似的往后退了一步。有个伙伴说："给她看看！给她看看！"

小男孩轻轻地张开小口袋，用两个手指捏住一个知了的翅膀儿，说："你看——看见了吧？"说着，又放回口袋里。

小蓓蓓很不满足地望着那个鼓鼓的口袋。

正在这时，突然"噌噌"儿声，有三只伤了翅膀的知了不知从哪个孩子手里歪歪斜斜地飞了……大一点的男孩说了声：

"追！"

孩子们跑去了。小蓓蓓自然也离开奶奶追了过去。

他们绕过了一棵桃子树，然后就不见了。

奶奶一个人坐在果树下，远远地听那小脚丫儿踏在沙土地上的声音：这声音小极了，像小猫儿在地上跑过一般。这种声音只有最喜欢儿童的人才能听得出，就像只有音乐家才能捕捉到那些溶化在空间里的音符一样……奶奶闭着眼睛，那样子安详极了。微微的南风送来一阵果子清淡的香味，她不由得又想起了窗前那枝玫瑰——近几年她多了一个怪癖，总要在窗前放一枝新折的玫瑰。她守着它，等露珠从花瓣上消散了的时候，她从不忘轻轻地洒上几珠清水……

又一阵重重的脚步声响起来了，奶奶睁开眼睛一看：噢，又是大眼叔叔来了。他那杆土枪还是背在肩上，那枪筒儿在月光下放着清冷的光。跟上次不同的是，他的手里攥着两个发青的桃子。他走到大树下，看了奶奶一眼，刚要说什么，一低头瞥见了地上踏乱的青草，略一愣怔，然后扭身就跑去了——他跑去的方向，正是刚才知了飞去的方向……奶奶预感到了什么，赶紧从树下站起来，喊了一声，大眼叔叔却没听到。"这帮淘气的孩子哟！"她嘴里咕哝着，开始离开大树了。

那帮淘气的孩子此刻在干些什么呢？

小蓓蓓领着他们，爬到了屋子西边的一棵大桃树上。这棵大桃树是她家的，好多年前由奶奶亲手种下的。如今长得叶儿密密的。五个孩子藏在里面，手脚都不露。

他们没有抓得住那三只飞掉的知了。他们也不想捉。刚从奶奶身边跑开，三个小男孩立刻变得垂头丧气了，那扎小辫的小姑娘，走着走着就抽泣起来……他们告诉蓓蓓：看果园的大眼叔叔要抓他们呢！因为他们逮知了的时候，看到了树上鼓鼓的大桃子，就一块儿"逮"下来了，又不巧掉在园子里几个，让他发现了！

小蓓蓓问他们怎么办？他们说要到小蓓蓓家里去——关上门，那个大眼叔叔就找不到了。小蓓蓓答应了领他们在屋里藏了一会儿，又觉得不保险。最后，他们就一块儿爬到了屋外的大桃子树上……

桃树上风凉极了。他们坐了一会儿，倒把大眼叔叔给忘掉了。小蓓蓓把自己的名字告诉了他们，又问了他们，知道了那个大些的男孩叫"宝全"，其余两个男孩一个叫"阿明"、一个叫"辛辛"。小姑娘的名字特怪，蓓蓓一辈子也忘不掉的："蛋蛋"！他们原来离这儿不远，都是附近煤矿子弟小学的。小蓓蓓一下子就喜欢上了他们。她告诉他们：知了会"大合唱"，还会"独唱"，"不信你听呀——"蓓蓓学着它们唱道："'嘎呀嘎——''啦啊啦——'"

听着知了唱歌，几个人这才想起找一找大桃树上有没有知了。他们在月影里瞅着，又用手摸着，结果一只也没有发现。大点的男孩

（就是宝全）说："这么多人爬上来，要有才怪。"阿明和辛辛却肯定地说"有"。宝全故意闭上眼睛，伸开两手摸着，摸到了两个人的鼻子，就猛地用力握住，说："真有哩！真有哩！"阿明和辛辛一齐用拳头捣了一下他的屁股。

小蓓蓓笑了。

他们正在树上玩得起劲，突然地上传来猛一声断喝：

"都给我滚下来！"

他们大气也不敢出了。

"滚下来！"

首先是蛋蛋哭了。她"呜呜"地哭出了声，一手抓住一个枝丫，一手抹着眼睛……除了她的哭声，大树上什么声音也没有了，小蓓蓓都听见自己的心在怦怦跳着，害怕地把食指咬在嘴里……月光透过桃叶的缝隙落在宝全的脸上，映出一对黑亮的、透着惊恐的眼睛。他犹豫了一会儿，终于第一个从树上跳了下来。

"都给我下来！"大眼叔叔看了看他，又向树上吼道。

剩下的孩子也下来了。他们像一群"小罪犯"，可怜巴巴地簇在一起，头也不抬，只顾捏弄着手指。

大眼叔叔一个个端量着，走到小蓓蓓跟前，把她拎出来说："你站这边来，你不是小偷……"

小蓓蓓被拎到了一边。但他刚一松手，她又回到了小伙伴一边，和他们一道，用惊惧的眼睛望着他……大眼叔叔将手里的桃子狠狠地摔到孩子们跟前，怒冲冲地说："人儿不大，胆子不小啊——借着逮知了，偷起桃子来了！这桃子还是青生的，能吃吗？我今天非把你们和桃子一起，送去见老师不可！"

孩子们吓得脸色变了，身子在轻轻颤抖。蛋蛋又呜呜地哭了起来。

宝全看看脚下的桃子，轻轻咬了咬嘴唇。大眼叔叔看到了，用手扭起他细细的胳膊，厉声问道："口袋里是什么？桃子吗？"说着，伸手一掏，掏出了一把知了——它们离了手，箭一般钻向天空，发出了嘎嘎的惊叫……

这时候，奶奶来了，小蓓蓓大喊了一声，扑到了她的怀里……蛋蛋也叫了一声"奶奶"，跑了过去……奶奶把她和小蓓蓓一块搂住了。她微笑着问大眼叔叔：

"你要怎么惩罚这些孩子呀？"

"非治好他们不可，不行的话，今夜就不放他们走！"大眼叔叔耸耸肩头的土枪，愤愤地说。

孩子们吓得大哭起来。

"让他们在园子里过夜吗？那他们的妈妈会焦急的！"奶奶收敛了笑容，皱皱眉头说。

"这我不管！看他们还敢偷不？"大眼叔叔坚持着。

小蓓蓓抹去了泪花，目光一直盯着地上的桃子。她这时突然喊道：

"他们没有偷！"

大眼叔叔愣了一下。

小蓓蓓从地上捡起桃子说："这是我摘了给他们的。不信，你看呀，这不是我们家的桃子树结的吗？"

大眼叔叔惊讶地接过桃子，和树上结的对照着；奶奶也走了过来。他们都发现：地上的桃子和树上的一模一样，那桃尖往下有一道白线……这是园子里唯一的一棵"银线桃"啊……

"这……这……"大眼叔叔嗫嚅了，看看小蓓蓓，又看看奶奶。

奶奶问："我可以放他们走吗？现在？"

"可……可以！"大眼叔叔的一脸怒气很快换成了羞愧，这时他一边说着，一边转身要走。奶奶向孩子们做一个"再见"的手势，然后叫住了大眼叔叔。她请他进屋子坐上一会儿。小伙子略一犹豫，最后还是跟她走了……

孩子们并没有马上离去。奶奶和大眼叔叔刚一转身，他们就一下子围上了小蓓蓓，把她抱了起来。

小蓓蓓激动地哭了。

宝全把口袋里剩下的两个知了给她；阿明和辛辛、蛋蛋，也都掏出了知了……他们要离开园子的时候，又想起了奶奶。但他们从门缝里看到大眼叔叔也在，就不愿进去了。

屋子里，奶奶望着窗前的玫瑰花，一双慈祥的眼睛久久地停留在上面。她像是自语般地说："你瞧这朵玫瑰花多好啊！你瞧那瓣儿，粉绒绒的，我想再巧的手也做不出的；你嗅到了它的香气了吗？这香味都要醉人的……"她说到这儿，往花瓣上洒着清水，一边又说："你知道孩子们叫你什么吗？"大眼叔叔摇摇头。老奶奶笑笑，"他们叫你'大眼叔叔'——瞧瞧，一双多大的眼睛呀，你如果会使用这双眼睛该不是更好吗？你只用责备的目光看他们一眼，也许孩子们就会记上一辈子的！"

屋里，一丝儿声响也没有。大眼叔叔的睫毛垂下去，脸颊染上一层红色。

孩子们趴在门缝上往里瞅着，看看奶奶，又看看大眼叔叔，最后一齐望着窗上那束玫瑰，屏住了呼吸。

这个夜晚，由于果园里的知了被搅扰过，所以一直唱得不甚起劲儿……

第二天晚上，小蓓蓓又和奶奶一块儿坐到大树下了。她还像过去一样，仰枕着奶奶的肩膀看天上的星星，闭着眼睛听知了歌唱……正听着，突然又响起一阵碎碎的脚步声，原来又走来几个小孩子，仔细一瞅，正是宝全他们四个。

小蓓蓓兴奋地跳了起来。奶奶愉快地迎接了孩子们。孩子们往后退一步，背着手站在那儿。

"怎么了呢？孩子们？"奶奶叫了一声。

"我们——"孩子们说，"我们昨夜里骗了奶奶！桃子，不是小蓓蓓给的，是我们偷的——偷您的……"

孩子们说完，又从后背抽出手来，拿出了一直放在身后的东西，递到了奶奶的脸前。

奶奶立刻闻到了一股浓郁的香气。啊！月光下，她看到了由四只小手握着的四簇鲜红的玫瑰！

"奶奶，桃子摘掉就长不上了，我们保证再也不做那样的事了——我们用花抵那桃子……"

"嘎呀嘎——""啦啊啦——"……知了一齐唱了起来。

"笛——""咦——"……几声独鸣，掺和在一阵阵合唱的乐涛之中，显得特别悦耳。

小蓓蓓挽起伙伴们的手，蹦蹦跳跳地玩起来。

奶奶笑了。

造琴学琴

在学校里，我最羡慕的是那些拥有一把琴的人。他们拉小提琴、二胡、手风琴，弹拨三弦、打扬琴。琴是公家的，可是谁占了哪一个琴，那个琴差不多就成了他的了。他们都是老师和高年级的学生。琴是最神秘的东西，上面的弦发出的各种美好声音让我不解。琴比收音机还要古怪。

有了一个琴并且会使用，多么好！那样我就可以进学校宣传队，去拥军，去下乡，去让别人眼馋了。

我想买一个琴，什么琴都行。可是问了一下，贵得吓人。我明白我一辈子也不会有琴了。

绝望中听说林场里有个赶车人造了一把琴，我就跑去看了。一打听，事情不实。因为赶车的人有把二胡，不过不是他造的，是他家老辈人造的，传到他手里，已经很旧了。他多少会拉一点，赶着车也拉，拉很短的曲子。

我也要造一个琴。

赶车人四十多岁，没有老婆，叫老玉。是个挺好的人，就是爱打儿童。小孩子一缠他就发火，而且打人没轻重。他拉琴时闭着眼，有人一喊，他睁开眼，骂别人，用沙子扬人的眼。听说以前曾有个地方请他加入过宣传队，因为会拉琴的人手少。老玉去了几趟就跑回来了，说一起拉没意思。其实是他不合格。

我去找他求教，比如筒子怎么弄，钮子怎么弄，还有弓子——胡琴多么简单！主要是三四样东西拴上弦就行了。我怎么不能造一个？老玉说："小孩芽芽还想造琴。"我气得慌，不过不想惹他，就说："工人阶级帮帮我吧。"他骂我，边骂边把琴从被套子里面拖出来——原来平常他都是把琴藏了。他敲打琴筒，说这是用香椿树根做成的，杆儿是枣木做成的，钮子是槐木做成的。我问别的木头不行吗？他又骂我，说不行！

要造琴，先得找这些木料。

林场很大，可哪里有那么大的香椿树根？就是有，也不舍得割了大树呀！至于枣木槐木，比起香椿树根也就不算难弄了。我愁得一天到晚在林子里转，想狠下心偷伐一棵椿树。看林子的老头盯上了我，暗地里跟着我。

没有那么大的香椿树！我差不多哀求老玉了，说："凑付点吧，用个梧桐不行吗？听人说梧桐做成东西也扩音！"

老玉说："再来犟嘴不教你了！"我只得重新去找。

又找了很久。我愁坏了。有一段日子我有些灰心了。一个偶然的机会，我听说南边有个小村，那儿有一个老太太，她家院墙外边有一棵大香椿树。告诉我这个消息的人说："去看看吧，也不知那棵树死没死。"

我赶紧去小村里，一路上在心里念叨，那棵大树啊，快死了吧，死了我好挖下树根用呀——我的话如果老太太听见了一准会骂我。

到了小村一问，真巧，那棵树早就伐了，大树根子老大老大，正堆在一边准备当柴烧！我高兴极了，一蹦三跳地找到老太太，说明了来意。我提出花钱买这个大树根子。老太太生气地说："送你送你，你也为了学本领搞宣传哪！"我取走了树根，给老人鞠了个躬。

老玉帮我用斧子修理了树根子，修成一个大疙瘩。我说怎么挖得成筒子？找场里的木匠吗？他说那不行——木匠做四方东西行，做圆的就不行了，这得找旋木头的旋成圆筒才行。

我想起学校里的二胡就有六棱筒的。老玉指指自己的胡琴说："那不是圆的吗？圆的才好！"

我问："到哪儿去旋呢？"老玉甩甩头说："'九里涧，两头旋'。"我知道九里涧是个地方名儿。"那里专门旋木头，你去吧。"我费了好大劲儿才打听出哪里是九里涧，找到了旋木头的地方。

那个开旋床机器的师傅看了看我，摘下眼镜擦擦又戴上，说："弄胡琴？"我点点头。他不再问，哧哧咔咔旋起来。先削掉多余的木边，接上摇着小铁柄儿往前推，小心极了。他甚至在木筒上旋了几道花纹。工人叔叔真好啊！真了不起啊！

我付了钱——他们只要一元钱！

离开时我又回车间看了看那个师傅。他问："胡琴钮子呢？"我说没有。他说："那也得旋。"我说："我找了槐木再来。"他说好。

第二天，我就找了两块槐木，去旋了钮子来。

整个这些天我兴奋极了。我几乎天天要找老玉。老玉还是常常骂我。不过我离不开他了。他赶车，我就跟上。我想跟他先学一点怎样拉琴的知识，等我自己的琴造好了，再正经学习。我常在夜里想，有一天，我要突然从老师或高年级同学手里接过琴来，拉一段好听的曲子！让他们发呆去吧！

我的学习给耽误了，功课不太好。不过功课要追上也容易得很。那些出去搞宣传的，写村史家史的，常常耽误一个多月的课，到头来还不是补上了！

多好的一个琴筒啊！我找木匠钻了个小洞，小洞上要镶琴杆儿。我看着木匠的钻头响着，真怕它把筒子弄碎啊！老玉帮我削了一支硬木琴杆儿——为这个我将永远感谢他！因为硬木在我们这儿没有，到底哪里有谁也不知道。老玉说他来想法吧。他直到很长时间也没想出法来，我怪急得慌。可是事情说成也就成了。他有一天给一个地方拉木头，看到一个屋里放了一支废旧的秤杆儿，就顺手取了扔到车上。他把车赶回来，冲我叫着，"快来看，你这个馋痨！"谁特别想干一样事，他就管他叫"馋痨"。

我跑去一看，只见发红的一根小圆木，上面还有残留的秤星儿。我明白了！老玉举起，用指头弹几下，说："真正的红硬木。你这个馋痨就是有福！成了，胡琴这遭成了！"

他削过红硬木，又用碎玻璃细细地刮过。琴杆儿刮得滑溜极了，他撸了两下。这么好的琴杆我做梦也没想到。把它镶到琴筒上，再加上钮子，几乎就是一个挺好的胡琴了。还缺什么？还缺一个弓子、一副蒙琴筒的蛇皮。弓子是藤杆做成的，细竹也行，这个好办。可是蛇皮呢？我真害怕蛇，怎么敢弄蛇皮？去店里买，哪里也没有。

过去我一直为琴筒什么的着急，这次一下子想到了蛇皮。老玉的琴上蛇皮带黄色花纹，那得多粗的蛇才行！老玉说它的蒙筒用料不是一般的蛇，是蟒———种更大的长虫！

老玉整天骂我，我真想打他一拳。不过我事事都得求他，不敢得罪他。他骂我骂得好狠，没事就叫我馋痨。他让我跟他出车，说有时拉木头，常能碰到蛇，如果有粗壮的，就打一条。我满怀希望，可又十分害怕。那条倒霉的蛇最好让老玉一个人撞上好了。

跟老玉常在一块儿,才知道他是个很脏气的人。他身上有股怪味儿。他几乎从不洗衣服,上面满是灰尘油污。下雨天他才把衣服脱下来,挂在绳子上让大雨淋一淋,太阳出来晒干了再穿上。不过他也挺有意思,心眼不太坏。

有一次我问他为什么不洗澡?他瞪大眼说:"谁不洗?我要洗就不像有些人。我要洗就正儿八经。"我说怎么正儿八经?他说:"俺忙了不洗,要有工夫,就跳到芦青河里洗上一天。捎带也摸几条鱼吃。一天的工夫,身上多结实的灰还不泡下来了?"

他的话也有道理。有一天他想起什么,说:"星期天了,我领你去洗澡吧?"我说:"好!"

我们去了芦青河湾。那里很多芦苇,水很宽,特别是河头那儿,像个湖。老玉脱了衣服,我发觉他身上一点不黑。他显得黑,主要是露在衣服外面的手足脸脖给晒黑了罢了。他的水性好,一头扎到深水里,半天不露面,吓死人。一会儿水面上鼓气泡,是他故意弄的。

他洗了一会儿,开始捉鱼。只见他像抱东西一样把手伸到靠岸的苇叶间,小心地一摸一摸,摸到了,就飞快一卡!两条乱蹦的鱼就让他给卡住了。他让我试试,我也俯下身子,小心地摸。我发觉鱼比人精,它们一被惊动,唰一下就蹿了。这怎么摸得到?老玉说:"你这个狗东西白瞎!你真是个馋痨,光想着造胡琴了。鱼是活物,还等你碰上它才跑?你的手觉得发热——鱼的身子烤你,你就猛一卡,鱼就在手里了。"

我费了不知多少工夫,也觉不出水里的鱼怎么能发热。鱼是凉的,人的手才是热的,老玉怎么会有那种奇怪的感觉?不过他真的能捉到。我到现在也觉得怪。

　　通过捉鱼这件事，我觉得老玉有很多值得我学习的地方。我比过去谦虚了。他主要的缺点就是骂人，不停地骂。他赶车时也骂牲口，一句接一句骂辕马，不过主要是骂前边的那匹灰马，说它奸滑、不正派等等。

　　这天我们洗得好惬意，一洗洗了多半天。老玉捧起河沙往身上搓，说："什么灰我还搓不掉它？"真的，他的身子洗得干净极了。这一次谁要再说老玉不干净，那就不对了。他洗好后站到岸上晒晒太阳，身子干了，又穿上那几件脏衣服。

　　往回走时，我们在河边树丛里发现了一条绿色的蛇。我尖声大叫，他低头看了看，说："粗细够了。不过这是一条水蛇，不知行不行。"我问："水蛇怎么了？"他说："水蛇一天到晚在水里，湿气大，我怕它的皮做胡琴，一拉音儿发闷。"他说得很严肃，我觉得水蛇是不行的。

　　又往回走，穿过大片青草地。有一条灰溜溜的大蛇游过来了。我大叫了一声。老玉说："你穷咋呼什么？打呀！"我折了一根树条，可就是不敢抽。老玉边骂我，边跟着蛇跑，并不动手。我说："你快打呀！"他说："跑了活该，又不是我做胡琴。"我急得快哭了，他才搓搓手，低头一捏，捏住了蛇尾。蛇头朝下，几次想往上举，都被老玉甩下来了。他不停地抖动，那蛇终于老实了。他又抖，然后放到地上，蛇就跑不快了。这时老玉挽挽衣袖，把蛇打死了。

　　剥蛇皮怪吓人。老玉身上又不干不净了。

　　我们把蛇皮放进沙里搓、水里洗，觉得干净了才拿回来。老玉用刀子细细地刮过蛇皮正反面，又用碱面搓了半天。晚上，蛇皮放在月亮底下晾干，经了夜露。我问为什么要这样？他说蛇是凉性东西，非这样弄不行。到后来蛇皮干了，有些硬。我们放在琴筒上比了比，发现宽度绰绰有余。

蒙筒子之前，老玉又将蛇皮用温水泡涨了。他说这样蒙上筒子，晾干了以后蛇皮才紧。蒙筒子费了不少劲儿，我们不得不请了木匠帮忙，并且要了他一点最好的胶。老木匠说，我给你上上漆吧。那真太好了！他后来给琴杆琴筒上了老红漆，给钮子上了黄漆。眼看一把胡琴就要成了，我觉得我是天底下最幸福的人。

最后就是制弓子了。藤杆儿用火烤着弯成了弓，然后是拴上一束马尾。马尾要从大马的长尾巴上揪，老玉怎么也不让。我急坏了，说："你真小气，一毛不拔呀？"老玉又骂我，骂得脸红脖子粗，说："你想疼死我的马呀？你拔拔你自己的头发试试。"我说："你弓子上的马尾呢？不是拔的吗？"他咬着牙说："不是！就不是！那是从一匹死马身上剪下来的。"

我又去找了饲养员，饲养员说不行。他说养什么就爱护什么，想拔马毛，那还行？

坏了，我的好生生的胡琴最后就卡在了几根毛上。我决心自己来处理这件事。我不信一道道关卡都过来了，最后会败在这几根毛上。我一天到晚往饲养棚里溜，只要饲养员不在，我就揪下几根马尾。那大马一被揪了，脊背就一抽一抽。看来它是有点疼。于是我也不好意思一次揪得太多，总想慢慢凑数。不过我太心急，不到半月的工夫，马尾就凑够了。

没办法，还得去找老玉，求他帮忙做弓子。老玉怀疑地盯着闪亮的马尾说："哪里弄的？"我说："这是一个同学村里的马死了，他替我搞来的。怎么了？"老玉说："不怎么。"他动手帮我制弓子了。

想不到制弓子也这么费劲儿。主要是马尾难对付。上面的油脂太多，洗也洗不掉，洗不掉，而有一点点油脂，就没法做弓子。老玉把

它们放在碱水里浸，浸去一层油，过不久又出一层油。就这么浸浸泡泡好几天，后来又用松香粉去搓。搓呀搓，揉呀揉，马尾全染成白的了。好不容易才把它们归束到藤弓子上。

拴了一粗一细两根弦，调一调，老玉拉开了。真好啊！老天，一把胡琴好生生地响，令人不能相信似的，它前不久还是树根废秤杆什么的。这声音差一点让我哭起来，我笑也来不及了。老玉衷情肃穆地拉，一个曲子接一个曲子，也不嫌累。我说："拉别人的琴不花钱哪，也不让我拉个！"他骂我，说："你会吗？你的馋痨爪子一沾上就不是好音儿。"

我飞快地抓过来，拉了两下，真难听啊！

不过我仍然是高兴的。有了琴，难道还学不会吗？我把琴放在一边端量，觉得这是最好最好的一把琴，比学校那些都好上十倍。夜间，我把琴放在枕边上睡觉。它的油漆味儿喷香，松香味儿也喷香。半夜里，我醒来轻轻按一下弦，发出"叮"一声。

我给琴做了个纸盒，平时就把它装在里面。

我该跟老玉好好学琴了。老玉说："造琴容易学琴难。要想会，搬来跟师傅睡。"我同意了。妈妈不让我去，说那个人太脏了，我也就没去。老玉多少有些不高兴，一声接一声骂我。我有时从家里带点好吃的东西给他，他的态度才好一些。晚上，我待在他的宿舍里很久才出来。他的宿舍像狗窝一样，热乎乎有股怪味儿。他说他从来不晒被子，也不打扫。我说："我帮你搞搞卫生吧？"他说："穷毛病！"

我先学拉简单的音符。老玉的指头像棍子一样黑硬粗壮，可按在弦上，却能发出挺好的音儿。他告诉我指头怎么个姿势，怎么拉弓子，腿怎么放。我的左手老要往上抬，他就打了它一巴掌。胡琴原来真的难学，你用力不行，不用力也不行。它不听话。有时干着急，指头又不听使唤。有时想按下食指，可小拇指和中指跟上乱动。

我明白了那些会拉琴的人为什么那么傲气了！原来学这门本领是很难很难的。像老玉这样的赶车人会拉琴又会干活儿，简直就是百里挑一的人了！我学琴期间，对老玉的敬佩又增加了很多。

老玉让我每天拉上个把钟头。多么累人的事儿呀，我左手四根按弦的手指顶上磨破了皮，右手握弓子的几个手指头也磨得通红通红。我听不出有什么进步，甚至还倒退了。我越来越害怕听自己弄出来的声音！可老玉的话总得听啊，每天坚持拉上个把钟头。

老玉让我有时间就跟他上车。大车在没人的林间路上摇晃，老玉拉着他的胡琴。他拉的时候我只能看和听，不准说话。他拉上了瘾，闭着眼，说话他也听不见。我真怕车子没人驾出了事。老玉有时给我讲解，说胡琴这东西，到老了也学不成，能成的只是几个人，那是命里定的。我听了赶紧批判他，他不服。他骂我馋痨什么也不懂。他说："你怎么不学别的琴呢？那些洋玩意儿看起来唬人，其实一学就会。你学胡琴，完了。"我说："别的琴更难造，我没有琴学什么。"他不答话，只是不住声地骂。

老玉啊，你这个坏蛋，等我学会了琴的那天，我就不听你骂了，我抱着琴跑走，再也不见你。

不过，我也许会想念他的。我会想起造琴时他帮的那些忙，想起一块儿洗澡捉鱼的事。那天捉了一些鱼，我们在岸上烧了吃，没有盐。那鱼的腥气味儿到现在也不忘。人就是怪，恨一个人，到离开他以后还会想念他的。

老玉对我使出了久不使用的绝招儿。他说这方法相信学校里那些家伙都不会用。他把胡琴夹在腿里，然后只用一根手指按弦，居然拉出了一首短歌。他还将胡琴像三弦那样抱了，把弓子甩到一边，用指甲拨弦，拨出一首短歌来。

　　这真是奇迹！我怎么也不理解。我相信他是个了不起的怪人了。老玉多么好啊！他告诉我，琴要拉得好，主要依赖两种东西，一是耳朵，二是指头。那就要练耳朵了，清早起来到林子深处，闭上眼睛细心地听。看看能听出多少种声音来？

　　我试了试。我听见呼呼的风吹树声，还有鸟叫，还有远处的牛什么的在叫。别的没有了。

　　老玉说："你不行。林子里少说也有几十种音儿，你辨不出，还能拉琴哪？你听不见顺着树枝底下传过来的河水声？听不见唰唰的声儿？那是小野物在暗里奔跑。还有丝啦丝啦的响动，那是树叶落地——一个接一个树叶死了。蛇、兔子跑，鹰逮鸟儿，都有自己的音儿。你好好听，听出来了，耳朵也就练成了。"

　　我没事了就到林子里去，练我的耳朵——这样的耳朵练成那天，弦上有一点点变化也听得出来。老玉说学校里那些人拉琴是瞎拉，他们没有练过耳朵。我练了一段时间，发觉林子里果然有不少杂乱声音，到后来，一只小虫在背后的树干上爬我也听得见了，我听见它的小爪一活动，发出铮铮的声音，像拨动小铜丝似的。

　　我把这告诉了老玉。老玉有些吃惊。他去听了听，说听不见。"你成了。你的耳朵超过师傅，肯定成了。"

　　接上他又让我练手指。他告诉我按弦的地方是手指顶，手指顶的那一朵肉不肥，按出来的音儿就别想好听。他摊开左手，让我看他的指顶肉。"肥不肥？"他问。我仔细地看，怎么也看不出。我只能如实回答说："不太肥。"他一拍膝盖，"这就对了！我的指顶肉不肥，天生不肥，练也没用。我的琴拉得不错，不过再有大长进也就难了，因为指顶肉不肥。"

他让我没事就在桌子上、树木枝干上揉动指顶肉。"一边揉一边颤颤，这样！"他做了个样子。那模样真好笑，像得了一种抖手病一样。

我天天揉，手指顶到后来抓东西就疼，忍也忍不住，红了，肿了。我只得停下来。停了十几天，我去看老玉，一进门见他正在吃面条。他碗里的面条老粗老粗，像小蛇一样。一问，才知道他自己动手擀的。他说，要有老婆，就是老婆做面条——她们做面条细，不过不好吃。他的粗面条真香。他让我尝尝，我没尝。正说着话，他一把攥住了我的左手，翻来覆去地看了又看，最后大声说："指顶肉有些肥了！"他立刻让我拉拉琴看。我拉了几下，他站起来说："进步真大啊！"

我的脸庞都红了。我想我肯定是进步了。不知不觉，我已经学会了几首短曲子。我和老玉在车上时，他拉一段，我拉一段。有时我们调准了弦，同时合奏一首歌，那真是美妙极了。大车在林子里跑，我们一齐拉琴，呼啦呼啦使劲拉，谁不眼馋！

老玉说："我还会唱！"他让我拉，他自己唱起来。老玉一唱歌就憋红了脸，脖子上青筋也出来了，昂昂大叫。他的歌与我的琴合不起来，响声也远远地压过了我的琴。不过我并不生气，还是尽力地拉。他停了，我也停了。他说："馋痨拉得不错。"……这一天我们在林子里玩得高兴极了。他说："你要是天天来陪我就好了，我教你学艺，你给我拉琴伴唱。你不用上学了，那是屁地方。"

我没有答应他。不上学倒是我没想过的。我还想学会了拉琴，到宣传队去呢！我的功课已经落下不少了，我想起来有些惭愧。

一个星期天，我抱着装琴的纸盒上学了。宣传队在排练节目，一溜人拿着马鞭子，一个教师一拍手，他们就一挥一挥往场上跳。同时，拉琴的一些人也忙起来。我站了一会儿，就回到了离排练地不远的教室，一个人拉起了琴。

我刚拉了一会儿，就听见外面的琴声停下了。我还是拉着，不一会儿，一帮人在教室门口往里望。一个大个子教师惊讶地说："是你在拉啊？你还会拉琴？"我点点头，继续拉。又有几个人围过来，看我和我的琴。

那天可真把他们吓了一跳！那天真是难忘啊！

他们说："你差不多可以进宣传队了。"

后来的一天晚上，高年级同学就邀请我来学校拉琴。我们一块儿拉着，每天都拉到深夜里，一点也不疲倦。冬天到了，我们拉得满头大汗。回家时，我一个人抱着琴，踏着半尺厚的大雪往前走，高兴极了。雪停了，天上晴了，星星一颗一颗，我那时突然想起了老玉。

第二天我放学后就去找他了。

他像病了似的，气色不太好，见了我一声不吭。他的头发更乱了，上面有些灰土和草屑。我叫他，他蹲在那儿也不应。我给他把头上的东西拨拉掉，捏下一根草梗。他的眼里全是血丝，鼻子两边有灰。我说："老玉，你怎么了？"老玉不吭声。停了一会儿我又问，他骂了我一句。他要出车去了。我抱琴跳上了车，他也不阻拦。

老玉专心赶车，一会儿用鞭梢打打马儿。大车走得不快不慢。我坐了一会儿车，就取出了琴，一下一下拉起来。我拉得很慢，因为心里不高兴。正拉着，突然老玉把牲口喝停了，回头眯着眼看我。看了一会儿，他大声说："拉得好！"

我心里挺难过，告诉老玉我这些天学琴去了。老玉说："学琴怎么？学琴也不能忘本！忘本的人，没有一个是好人！"

我说："我没有忘本。这不，我又回来了！"

老玉脸都紫了，说："什么才叫忘本？拿刀杀了我才叫忘本吗？你一朝得了好，就忘了原来的师傅，这不是忘本是什么？"

我不作声了。

老玉得理不让人，把我使劲骂了一顿。我真想哭一场。我心里并没有忘记他。不过，我不能说每时都记着他。再说我早就有个离开他的念头，也不能老和他在一块儿呀。

老玉骂牲口，打牲口，大车飞奔起来了。大车跑到了最远的地方，还在往前跑。林子深处的路上没有辙印，长满了草，也有些窄了。大车在上面跑得多欢。老玉胡乱唱起来，破衣服脱了一半，穿在身上一半，像痴了一样。他让我给他伴奏，我就拉起来。他的歌是胡乱唱的，我也没法合谱儿，也只能胡乱拉一气。这样尽情乱来了一会儿，老玉哈哈大笑了。他从破麻袋里取出了琴，与我一同拉着。我们拉的是不同的歌，不同的调。他有时正拉着一首歌，半路又蹦到另一首歌上。

我从此以后一边上学，一边拉琴，有时间就来林场找老玉。老玉对我明显地好起来，不过还是常常骂我。他在林子里逮到一些好吃的东西，也留给我一点。

我的琴越来越进步了，渐渐可以加入宣传队了。进队的一天，我高兴得不知怎样才好。我带着我和老玉自造的琴，坐在乐队里，浑身都是自豪劲儿。

宣传队下乡演出了，到部队拥军了，到处都受到欢迎。我们有时坐大车去演出，有时坐迎接我们的卡车，也有时自己骑自行车。我们常常在深夜里才从演出地往回赶，有时半路上挨淋。不过我从来没让一滴雨落到琴筒上。

有一次我们宣传队坐上了老玉的车。他一边赶车一边拉琴，逗得全车的人都笑。他不高兴地问："笑什么笑，我拉得不好吗？"大家赶紧说好。

说真的，那时连我也觉得他拉得不太好了。不过我不说。他是我师傅。更主要的是，他这个人心眼好。

我永远也不会忘本的。

有一次去部队慰问战士，演出结束时每人分得一卷儿桉叶糖。我没舍得吃，带回来送给了老玉。老玉剥了纸吃一颗，说："味儿不错。行，经常出去演吧，有好吃的东西多带些回来。"

我手里有一把琴，是令人羡慕的。只有我自己知道这把琴来得多么不易，学琴又是多么艰难。

我要一辈子拉琴。

仙 女

先得说一下这个环境。我虽然多次说过，但现在还得再说一遍。这是个临近大海的荒原，在十几年前或更早的时候，肯定比现在荒凉得多，也许没有人烟。到处是灌木林子，除了冬天之外，整个荒原总是浓绿一片。远处有高大的凸起，像山峦似的，那就是乔木林了。无论是乔木还是灌木，我相信都是野生的。它们从不需要照管。与它们天然一起的，就是那些数不清的动物了。它们也是野生的，也不需要照管。

需要照管的是我们自己、以及我们人后来弄出来的东西。比如新栽的果树、饲养的鸡鸭、猪之类。

我们一家是从很远的城里迁来的。当时这片荒原很可怕，方圆几十里可能只有我们这一座茅屋，我们竟然也敢来。刚来时只有外祖母和母亲，坐了马车。我一生都佩服她们。我们的小茅屋四周是一片小果园，这肯定也是她们开出来的。我记事时小果园就换了主人，它已经属于后来出现在荒原上的一个园艺场。

因为国家发动人们改造荒原，栽了一片又一片果树，并且盖了一排排红砖房；几年以后又盖了一幢红砖楼。这一切相加，就是园艺场。我们家尽管离砖楼还有几里路，但也属于园艺场的界内了。

管理小果园的任务由园艺场工人承担，只两个人。他们在小果园东端搭了座平顶泥屋，住下了。

园艺场是很大的。但它比起整个的荒原，简直算不了什么。它被无边的树木所包围，我深知这一点。夜间，到处是野物的啼叫声，它们在撒欢或吵闹。它们的夜晚等于人的白天，高兴，不休息，要劳动。我因为它们而喜欢夜晚。

那两个工人一老一少，老的叫"贞子"，长得细高，不到五十岁，可是脸上已经皱纹密布。他总是穿一条厚厚的蓝帆布裤子，夏天也是如此。他有一支枪，很大很大，筒子上堵了一块洁白的棉花。小的叫"小奇"，个子只达到贞子胸口那儿，也不胖，成天沉默寡言，皱着眉头。他额上有一条又深又长的横纹，一对眼睛又大又圆，黑亮逼人。他只是不说话。

我对贞子有些惧怕。对小奇也有一点。但日子长了，我觉得小奇可以做个朋友。他与我毕竟接近一些。我太孤单了。我想跟他说点什么，可是母亲说："他不说你也不说吧。"

我发现小奇跟在贞子后边，一声不吭。贞子背着枪，嘴里咬着一个拳头大的紫红色烟斗。这烟斗是他冬天休闲时，蹲在小泥屋灶坑跟前刻制的。小奇一声不吭，皱着眉头。可是偶尔，在大家毫无准备的时刻，他会突然放开嗓子大唱。

那是奇怪的、尖亮的歌声，谁也听不明白。啊，他的嗓子太响了，大概他的发音器官是铜做的。歌唱时，他的嘴巴张得又圆又大，像一个黑洞。我在光亮处迎着这嘴巴看过，什么也没有看到。这声音把我的全身都震动了，让我不知如何是好。

正唱着，猛地就止住了。

刚开始，大树上飞来一只又蓝又大的鸟，肥肥地蹲在那儿倾听；歌声的突然终止使它失望之极。它厌厌地飞走了。

贞子忙着手里的活儿，对一切毫不在意。他，还有小奇，都对我的存在不理不睬。

我对外祖母说了自己的苦恼。外祖母说："他们是大人，你别缠着他们，他们累。"

贞子和小奇每天为果树剪枝，修土埂水道，只有洒药的时候才格外忙一些。更多的时间是玩：去河里海里捉鱼，到林子里打猎。他们捉的鱼吃不了，就一串串晒在泥屋前的铁丝上。夜晚，他们在泥屋西边樱桃树旁的白沙上支起一个小铁锅，煮起了东西。锅里有花生、地瓜，有时甚至有鱼、苹果。他们什么都敢煮。

我对外祖母说过他们怎样煮东西，外祖母说："光棍汉就这样。"

有一天，半夜了，我突然听到有人叩门。一下一下，轻轻的，像是有些怯。我要起来开门，外祖母点点头。拉开门闩，我啊了一声。

站在门外的是小奇。他说借一点盐。

我多么高兴。我拿着盐就跟他跑开了。樱桃树旁的小锅子咕咕响。贞子抄着手说："就缺盐了。锅开了，一找盐，没了！"

这天晚上我们一起吃了煮好的东西。他们不让我离开，挽留我。啊，我第一次吃到了野外煮出来的东西。它们有着奇怪的鲜味儿，让人不会忘记。

吃过了东西，天已经很晚很晚了，大约是下半夜两点左右吧。贞子开始讲故事，故事有头无尾，但很诱人。小奇不吭一声。我听到的故事大多无法复述，因为太简短太琐碎，有时三两句就完了。"一个乌鸦要过海，飞，飞，掉到了海里。""……穿黑衣裤的老人用枪打狐狸，狐狸说：我是你舅舅。他不信，开了枪。回头一看，舅舅真给打死了。"就是这么短小。

贞子的故事很难说就是讲给我听的，因为他卧在白沙子上，说话时眯着眼，谁也不理。

后来我问过小奇，"你们晚上总这样讲故事吗？"他摇头，"不。""那为什么一下讲那么多？"小奇把脸转向我，"为了你的盐。"

我心里一阵感激。我不太怕他们了。

有一次——大概是那个夜晚之后的十几天的上午，小奇的衣服撕破了。那件半新的条绒衣服让花椒树的尖刺划开了一道大口子。他哭了。我跑回去告诉妈妈，妈妈就拿着针线出来，很快就给他缝好了。不久，贞子用镰削一根棍子，不小心把左手割了。血一流出来，他就抓一把细沙面往上敷。止不住。我跑回家拿来了药水和布条。

这就是我们一家帮他们的事情，都不太重要。可是他们对我们笑了。以前不笑，也不说过多的话。我知道这里面有个原因。

父亲在南山工地上。在很多人眼里，那是个非常可怕的人。

从此我可以更多地与他们在一起，度过长长的夜晚。秋天，园子里各种水果都成熟的时候，我可以吃任何一棵树上的果子。

我从来没有在近处看贞子放枪。这是很大的遗憾。小奇见过，他说那支枪能打到很远很远，那是园艺场最有威力的一杆枪。"有它我们什么也不怕。"小奇说。

夏天为了风凉，贞子和小奇就爬到屋顶上歇息。有一个木梯，是贞子亲手做的。我也到屋顶上去，那儿有更多的风。由于离星星近了，它们很亮。

通常，他们要在吃过晚饭，到处一片漆黑时才爬上屋顶。可是有一天太阳还未落贞子就爬上去了，伏在那儿，死死地盯住北方。一连

几天都是这样，贞子在那儿搂着枪，迎送黄昏。

小奇蹑手蹑脚走近我，对在我耳朵上说："你能保证吗？"

我不知道保证什么，但还是肯定地点点头。

小奇于是告诉我：已经很久了，贞子和他发现了一个秘密、一个非常奇怪的事情。有一天黄昏，贞子先爬上屋顶，躺在凉席上。他不过是随随便便往北看了一眼，一下子呆住了。天快黑了，不过树林、沙岗子，一切还看得清。就在北面那座沙岗的半腰上，有一个女孩骑着白马——雪白的马，女孩也穿着雪白的长裙子，头发披撒下来……

我身上有些发紧，一动不动地看他。

"女孩顶多十四五岁，看不见脸，她的背向着这边。好像她要打马翻过沙岗，又好像故意站在半腰上看什么……贞子叔不敢转眼，也不敢回头叫我，不敢吸气了。第二天晚上、第三天晚上，我都和他在一块儿看。那个女孩再也没有出来。天黑了，我们还是看，因为白色的东西在夜间也看得清……第四天晚上，又挨到天乌黑，风也刮起来了。突然贞子叔伸手一指说：看！我一抬头，天哪，就在北边沙岗那儿，有一道白光唰一下过来了……"

"肯定是她吗？"

"肯定。那时候她鞭打快马——贞子叔也这样说。快得像打闪……"

"你看到她的脸了吗？"

"没有。只是一道影子……"

我的心噗噗跳。我惋惜极了。我盼望那个女孩能回过脸来。她该让我们当中的一个看到她的模样。不知为什么，我想她大概就是那个仙女吧？

外祖母说过：每个地方都有自己的"仙女"，不过人是看不见她的。

每天黄昏我都要登上屋顶。我卧在贞子和小奇旁边。这种聚精会神的等待显得太漫长了。贞子把枪放在一边，掏出那个大烟斗吸起来。他的眼睛一刻也没有转向别处。我不明白的是他为什么要把枪也抱到这儿？难道他想打仙女吗？要知道这是整个荒原上唯一的一个仙女啊！

一连多少天过去了。她没有出现。

有一天我在屋顶上睡了过去。不知睡了多久，醒来时发现贞子和小奇蹲在那儿，默默对看，浑身打抖。我问他们，他们什么也不说。

过了好长时间，贞子抖抖的手才去摸烟斗。他点火，怎么也点不着……小奇的嗓子哑了，这使我好费力才听清他在说什么，"刚才，就是你睡着的那会儿，骑马的女孩又出现了，还在沙岗半腰！"

"哎呀！真的？怎么不喊我起来？"

"我们呆了，忘了……她这一回转过脸来了，直直地看了我们一会儿。我们都给看蒙了。"

我身上发冷。我口吃起来，"她、她是什么样子的？"

"比画上画的还好看。她俊极了，俊得让人不敢正眼去看。她那对眼睛啊，黑亮黑亮；她那披在肩上的头发啊，有好几尺长。白马老老实实站着，缰绳牵在她手里。她点头笑了笑，轻轻一抖缰绳，白马就飞起来，一下蹿到了沙岗那一面。天黑了，留下一道白光……"

我吸了一口凉气，转脸去看贞子，"是吗贞子叔？"

他使劲吸烟，点点头。后来他把双手擦在粗帆布裤子上，大概手上有很多汗水……

接下去的日子里，我们每天都在黄昏前的一刻爬上屋顶。可结果总是失望。我们再也没有看到女孩的影子……

我变得不怎么说话了。我总在想骑白马的女孩。贞子和小奇都是诚实的人，他们是绝对不会开玩笑的。

贞子和小奇从那以后就心事重重了。他们互相对视，有时一块儿转脸看我一眼，然后低头做事。

后来，我无数次地到沙岗那儿去——这样的机会总是很多——与外祖母去采药材、打野枣；入园艺场子弟小学后，与同学一起翻越沙岗到海边上……我总觉得有一双黑亮的眼睛在什么地方注视我。

当我盯着一个地方出神时，妈妈或外祖母会问我怎么了？我摇摇头。

我从未说过在我们身旁，有人真的见过这片荒原上的"仙女"。但我心里好不容易知道了，有关"仙女"一说，可不是传说，而是真实的存在。这个认识将跟从我一辈子，这对我非常重要。

仙女乘坐在白色的闪电上，总是不期而至。她是这片荒原上的灵，与荒原同在、同生。她会照抚这里的人、特别是苦命的人吗？

我希望从妈妈或外祖母嘴里听到关于她的什么。我装作若无其事地听故事，心里却在紧张地捕捉她的行踪。我固执地认为每个人心里都装了一两个隐秘，不愿示人。妈妈和外祖母她们经历了多少事情，怎么会没有呢？但她们像我一样，只是将那个隐秘压在心头。

因为每个人心里都需要有点什么。

冬天来到时，园艺场总要歇工。这个季节是妈妈待在家里的日子。大雪纷飞时，我永远有说不出的高兴。大雪传来一个好消息，告诉我们小茅屋的人，把火炉生旺、大炕烧热吧，一家人围在一起，可以有许多许多悠闲的日子啦。雪噗噗落下来，除了几只麻雀在院里起落，到处都安静极了。

外祖母早就把埋在屋后的木炭掏出来，点燃了一个旺旺的火盆。火盆摆在炕桌上，整个屋子暖极了。木炭当初烧制得好，这时火盆不冒烟气，只散出香喷喷的热气。木炭是柞木和柳木制成的，是外祖母在平日烧饭时顺便烧成的，留给最冷的冬天。

妈妈找出一些软软的纸铺开，外祖母给她磨出一些颜料。冬天里要作画，这是我们家固定不变的节目。妈妈每在这时心情好极了。外祖母抄着手看着，有时还要注意一下身旁的我。我的心在愉快地跳动，注视着妈妈伸出的画笔。妈妈的手因为在果园里劳作不息，手指上已经有了茧子。可是她握住的笔还是那么灵巧地在纸上活动，兰花、鸟、竹子和梅，都一点一点生出来了。

整个过程我都在旁边看。可是我一声不吭。我常常想、总在想的，是同一个问题。

我在想我的仙女……

老斑鸠

"李子树开花了，李子花有多么白呀！桃子树开花了，桃子花有多么红啊……"

母亲坐在带扶手的椅子上，眼睛望着窗外，一边轻轻地摇动着我的身子，一边像唱歌似的说。她已经告诉我多少遍了。她说：去找外祖母吧，她把你外祖父遗下的一片诊所卖了，去乡下买了一处大果园——像片大花园似的！

"外祖母……大果园……"我夜里睡下了，嘴里却还在喃喃地吐着梦呓。我望见了那绿绒绒的草地上，果树间飞着五颜六色的蝴蝶。蝴蝶，这么多，环绕在一个老婆婆身边。老人的脸随着一只翩翩舞动的黄斑蝶转着，渐渐转了过来：啊，她那又白又浓的头发啊，那双闪亮的眼睛啊！……有人在另一边搬动着什么，发出了"咣当当"的响声，这立刻将那群愉快的蝴蝶惊散了。我定神一看，原来是母亲，披着衣服站在床下，正打开了一个红漆箱子。那响声是她打开箱子时发出的。她这时擎着蜡烛，弯腰看着箱里一卷卷闪亮的绸缎和衣料。我知道这是后父送给母亲的。可母亲，你为什么偏要改嫁呢？那个不认识的后父为什么偏不要我和你一块去呢？我们又为什么不一起去外祖母的大果园呢——"李子树开花了，李子花有多么白呀……"两颗泪珠滚在了我的脸颊上。母亲一歪头看到了我，抛了蜡烛，紧紧地伏在我的身上。她替我揩了泪花，久久亲吻着我的脸颊。

李子花像雪花那么白。我和外祖母的小泥屋旁边有一棵大李子树，粗粗的枝干都探到屋顶上。外祖母有个多么好的大果园啊：三棵苹果树、四棵桃子树（只可惜黄沙淤到它们半腰了），再就是屋旁的大李子树了……南风儿轻轻地吹着，吹来了蝴蝶和蜜蜂，吹得树下的沙土暖烘烘的。我躺在沙土上，仰脸看这蝴蝶和蜜蜂怎样在李子花里兜圈。

外祖母总是一个人在一边忙着，她没有工夫看蝴蝶和蜜蜂。

她长得比母亲高多了，只是比母亲更瘦削，她差不多完全是我梦中的形象，只不过那浓浓的头发并没有全白。她这时弯腰立在一个树枝枯掉一半的苹果树前，仔仔细细用刷子蘸着小桶里的白药水，一丝丝地刷在树上。小铁桶是用罐头盒改成的，里面盛着她昨夜里新熬成的药水儿。她刷呀刷呀，等那湿漉漉的树枝被南风吹干的时候，就变成李子花一样的白色了。多么有趣啊！我跑到外祖母身边，非亲手试一下不可——外祖母却把小药桶倒过来，原来桶已经空了。她告诉我：新药水要到夜里才熬得好呢。

"现在就熬不行吗？"我不明白为什么非要等到晚上不可，而且只是熬两小桶。

外祖母告诉："现在没有'渣子'……"

她说完坐到一棵树下，修补几天来一直修补着的两个大箩筐了，没有告诉什么叫"渣子"。那是两个破了半边的泥筐。她用新鲜柳条在筐缘上拧着，设法让一根柳条变成一小段新筐缘儿……外祖母什么都会做，做活时一声不响。

李子花开过不久，接上去的是桃花和苹果花。苹果花先是在绿芽芽叶里扭成一个小红拳头，然后才慢悠悠懒丝丝地伸开——它的小手掌却是煞白的；桃花有多么红啊，就像被胭脂染过了一样，只可惜四棵桃树都被黄沙埋住了半截……我问外祖母："花儿埋在下面还能开吗？"

外祖母默默地看着露出地面的一丛丛桃枝，摇摇头走开了。

春天多好啊！大果园多好啊！我有时攀上果树，有时又顺着软软的沙坡滚下来……我想母亲没来大果园，一定会后悔的。我不知怎么常常想起母亲来，想起她那唱歌似的声音："李子树开花了，李子花有多么白呀！桃子树开花了，桃子花有多么红啊……"

一个傍晚，我正在园里玩着的时候，见到了两个高个子男人用箩筐抬着一些什么从园中走过，还有一个扎蝴蝶结的小姑娘蹦蹦跳跳地跟在他们后面。只见他们走到离园子不远的水渠边，把东西倾倒在斜坡上就走了。小姑娘依然跟着他们，蹦蹦跳跳地离去了……我怀着好奇心跑到那个渠边一看：原来是些蓝的、白的、黄的小石块块！我想这大概是他们家盖房子扔掉的什么吧……那以后我常常看到他们，并且都是在黄昏的时候。

有一天傍晚我正蹲在树下玩，突然听到一个脆生生的声音喊：

"哎！"

我猛地站起来，见一个穿得花绿绿的小姑娘站在我面前，笑眯眯地看着我。她扎着一对蝴蝶结……我脱口说："我认识你……"

小姑娘笑着，露出一口小白牙。她一会儿跟我就熟了，告诉我她叫"小圆"，住在另一个大果园里，那果园是她爸爸的……这天我们玩了好长时间。

第二天我们在一起的时候，她提议到她爸爸的果园去，于是我们走进了另一片果树林子。这林子真大！里面有山楂树、苹果树、海棠树，还有的树谁也认不得……好多人在干活，一些人在扳动着喷气机，另一些人就举起带小皮管儿的竹竿，竹竿尽头都在喷着水雾。那水雾在阳光里闪出红的、绿的、黄的……各色各样的光！我看呆了。所有被喷过水雾的树一会儿都变成了粉白色——这立刻又使我想到了外祖母刷过的树；另一边，几口大锅冒着白汽，发出难闻的药味，有人不断把一些药渣泼到箩筐里，这正是我在水渠看到的各色小石块——原来是药渣！……一个穿着细布棉衣、戴着小黑丝绒帽、腰间扎了根黄草绳的人走过来，小圆跟他叫"爸爸"。他望了望我，嬉着脸说："哪里来的呀？"

他笑得有些可怕。我看看小圆，回答："东边大果园的……"

"哈哈，哈哈哈……"他笑了，笑得那么难听。笑完后歪歪脖子对身边几个正在干活的人说了几句什么。

我听不明白，可我知道不是好话。他又看了我一眼说："还'大果园'呢……"周围的人笑了，都停了手里的活打量起我来。

我扭头就走。小圆喊我，我像没有听见。

回到小泥屋，外祖母已在院里支起锅子熬刷树的药水了，一手添着柴，一手用木勺在锅里搅动着。她见我红着眼睛跑进来，吃惊地站了起来。我一下伏在了她身上。

外祖母脸上的深皱抖着，一句话也没有说，又用木勺一下下地搅动着药水。

水在锅里滚动着，发出了"噜噜"的响声。

我很快在锅里发现了泛起的蓝的、白的、黄的小石块块！我说："这'渣子'是小圆家倒掉的吗？"

"他们家倒掉的……"外祖母头也不抬，两眼盯着滚开的药水，用木勺一下下地搅动着。

我多么想让外祖母倒掉这些药渣，可我终于没有说出来。因为我知道我们穷得买不起药料……这个晚上，我像过去一样地依偎着外祖母躺在炕上，问了她好多的话。她告诉我：小圆的爸最爱看别人泣哭……

我说："我没哭。"

外祖母点点头。停了会儿她说："你外祖父也是个有钱人，可他就是个好人……那年镇上过好队伍，也过坏队伍，他给好队伍治病，坏队伍恨他，就把他杀了，还烧了他半个诊所……"

"妈妈说你用诊所买了'大果园'，是半个诊所吗？"

"半个也不到，那时你妈妈还要做嫁妆呢……"

提起妈妈，我就再也不吱声了。我想起了她，两颗泪珠落下来。我紧紧地靠在外祖母身上，问：

"妈妈不能来大果园吗？"

"大概不能来了。"

"我在这儿她也不来吗？"

"大概也不来了！"

我愤愤地问："为什么？"

"因为……"外祖母叹口气，"因为你的后父是富有的人，你妈妈贪恋钱财……"

我恨死后父这个鬼东西了！……我伤心地流着泪，最后哭出了声音。外祖母在黑暗里替我抹着泪水，把我紧紧地贴在她的胸口上，慢声慢语地说着些什么：

"……跟外祖母住大果园吧！大果园多好呀，开了花，然后结些

果子，果子多甜……树下边栽小香瓜，喷喷香的小香瓜……果子长到鸡蛋那么大，就到了赶庙会的时候了。庙会上真热闹！放鞭炮、唱大戏，赶庙会的人都穿新衣裳……"

我不哭了。

外祖母接下去讲了个故事："……从前哪，有一只孤独的老斑鸠，它用九十九天的工夫，从远处一根根衔来柴草做了个窝。到了第一百天上，大风把窝拆散了。它又用了四十九天的工夫重新做好。到了第五十天上，一群过路的老鸦把窝上的柴草全抢走了。老斑鸠追上啄它们，咬它们，败下阵来，又带着一身的血重新到远远的地方去衔柴草，从头做起，再花上九十九天……"

我被这故事吸引住了，泪水早已停止了流动，只一声不吭地听着。

……我不知听到哪里才睡去了。梦里有一只带着血奔向远方的老斑鸠。我变成了一只小斑鸠，紧紧跟在老斑鸠的身后……

大果园里开始生出密茸茸的小草了，蝴蝶飞得更欢，连巧嘴巧舌的小鸟也你追我赶地飞来了……我和外祖母在每一棵树下都埋了小香瓜的种子，又浇了水。我几乎一刻也不愿离开外祖母，看她在园里松土、刮腐烂的树皮、刷药水，有时还求她讲一个故事。她的故事又多又有趣，她一边讲一边用手里修树的刀剪比画着。果树患病越来越多，她要不间断地给树木刷药水。那些药渣就倒在水沟里，外祖母总是及时地去收集起来……

……一个傍晚她去背药渣，回来的时候满身衣服都湿透了，沾着稀泥，一只手还滴着血。我知道她捡药渣时跌到深水里了，那手是被水下的碎玻璃割破的！我吓得哭出了声音，她却笑着告诉我："水底下的泥鳅可大了，等我给你抓一个……"

外祖母的两个箩筐全修好的时候，就开始搬那些埋住桃树的沙土了。她一有空闲就担起来，哪天晚上月亮好，她会担上多半夜。可我觉得这么多沙土永远也担不完的。外祖母却告诉我：能搬完的，以前她搬过，只不过又被大风给刮回来了。——这次在园边栽了挡沙的灌木丛，今年长起来，就再也不怕风了！她担呀担呀，一棵很高的大桃树终于从沙土里全露出来了。外祖母扳着树枝这儿看看，那儿瞅瞅，轻轻擦拭着被沙土埋嫩了的树皮儿……接着是更快地担土，汗水浸透衣服，双手裂了血口……深夜里她常常发出"哎哟哎哟"的声音，让我用手使劲捶她的后背和腰。一天夜里我问："还痛吗？"她紧紧搂着我，没有说话。一片月光落在她的脸上，使我看到了那闪亮的眼睛。她好像在想什么事情。停了一会儿她望着窗外说："园子刚买到手的时候，哪像个园子！三棵苹果有两棵快死了，树桩枯了一半！当年只收了二十斤果子，换不来半斤玉米面……可我要一点一点地做，老想它会旺盛起来……"我说："能够挖出四棵大桃子树来，我们的果园就更大了！"外祖母点点头。

第二天，我求外祖母给我编了一个盛沙土的小箩筐……

我们一起搬着沙土。可第二棵挖出一半的时候，一天夜里起风了。我和外祖母清晨担着箩筐出来时，都不由得怔住了，黄沙把挖出来的桃树重新埋去了一截，我们起早贪黑，差不多全白干了！我不知道是害怕还是失望，连大气也不敢出，只是呆呆地看着。我望望外祖母，只见她一动不动地站在那儿，头上灰白的头发被风吹乱了，一双眼睛微微眯着，像在望很遥远的什么……我想她该是多么难过啊，有谁来可怜可怜她吧！我看到一些沙末飞落到她的皱纹里去，她擦都不擦。她的手抚摸着我的头发，"孩子，我搬了一次又一次，如今是第三次搬走这些沙土了，老天总想跟我作对似的……可我老了，就快担不动了……"我望望外祖母：她真的老了！身子那么瘦，背也驼了，头发白了一多半，后脖子上是又深又密的皱纹，被太阳晒得又黑又亮。她穿的那件满是补丁的黑背心，连纽扣也不是一样颜色，不是一样大小：有的是红琉璃的，有的是黑胶木的，有的是灰瓷的，还缺了半边儿……我第一次觉得外祖母怪可怜的。

外祖母低头看着我，用手梳理我的头发。

这个晚上，我们重新开始了担土。

外祖母像过去一样：一下下装满箩筐，轻轻挂上担杖钩儿，最后弯下身子……

这些日子里小圆常常来玩，还领来好多的伙伴儿。他们都是附近庄上的，跟外祖母早就熟悉。每逢他们来的时候，外祖母在歇息时就显得特别快活。

等到三棵苹果树结出小苹果、大李子树挂满了小李子、我们的箩筐磨去了大半边的时候，四棵桃子树全从沙土里解放出来了！外祖母在桃子树下轻快地走着，摸摸这棵，动动那棵，领我在树隙里走着。我们的果园变得有多大啊，桃子树原来有这么高的身个呢，可恨沙土一次一次把它埋在地下，它受了多少委屈啊！我们坐在了修得直直的树盘土埂上。我问外祖母：

"今年大风沙再也不会来了吧？"

"大约不会来了。"

"如果它们来了呢？"

"最好还是不要来。"

外祖母说再来她真的担不动了，她的腰快给压断了，早年腰上落了残疾，晚上常常针扎一样疼；不过她说快到春后了，这里一般起不来大风的，等到明年春天，新栽的挡沙灌木丛也长得茂盛了……

是的，灌木丛长起来就不怕风沙了！可是现在灌木丛还没有长好呢，我那么怕大风沙。夜里，我听到风声常常惊恐地坐起来，总被外祖母用手扳倒，搂在她的怀里。她给我讲着故事。可是有一天晚上，什么故事也不能使我入睡了，因为那风声分明是越来越大、越来越猛，连外祖母也起来穿了衣服。我们一起走出门去。——天哪，一阵大风迎面吹来，差点把我们卷倒，沙粒直往脸上扑来……外祖母把腰使劲弓着，扯紧我的手，把我藏在她的身后，直向着园子西北边走去。——我们真怕那四棵桃树再给埋住啊！

桃树没有被埋住，但是黄沙正在不断地随风刮过来……大风撕裂喉咙喊着，那呜呜的响声多么吓人哪，它就这样响了一夜，到了白天还不愿停歇。——整整三天三夜！

风停了，天晴了，大果园又像过去一样安静了。外祖母还像迎着风沙一样把腰使劲弓着，还是扯紧了我的手，把我藏到她身后，踏着脚下软软的沙土，跟跟跄跄地奔过去……那四棵高高的桃子树呢？在哪里？在哪里？啊——在这里，在黄沙里，下半截在黄沙里啦。如今像原先一样，它们又只剩下一丛露出地皮的桃枝了！

外祖母收住了脚步，一动不动地站在那儿，然后默默地盘腿坐在了沙土上。像过去一样，她一双眼睛微微眯着，像在望着很遥远的什么……她的头发好像比以前更白了，背更驼了，脸上的皱纹也更多了，皱纹的深处飞进了更多的沙末。我有些忍不住，但我终于没有哭出来。——我知道有时候眼泪是不能流的……但我这时可以轻轻地抚摸着外祖母那又大又硬的手，看着那上面一个个黑红色的小血口。望着它，我不知道怎么又想到了母亲，想到了那个夜晚，想到了她一手擎着蜡烛，看满箱闪亮绸缎的情景……我有些恨她：外祖母这么老了，您怎么不来帮她，她的大果园快被黄沙给埋住了！……外祖母这时转脸看看我，眼珠像僵住一样地一动不动了。停了一会儿，她像特意告诉我什么似的说了一句："……从前哪，有一只孤独的老斑鸠……"

我马上想起了那个故事，就看着外祖母那发亮的眼睛说："用九十九天的工夫……做了个窝。"

"做了个窝。可是第一百天上又给拆散了，它又用了九十九天。"外祖母抽出那只满是血口的大手，抚摸着我的头发，那么小心，那么轻。

我说："可是后来，老鸦抢光了窝上的柴草。老斑鸠追上啄它们，咬它们……"

"对。啄它们，咬它们，败下阵来，又带着一身血飞去了……它还要从头做起，再花上九十九天……"外祖母一个字一个字地说着。最后，她要站起来，可是两腿坐久了，刚一动就重重地跌倒了。我叫了一声去搀扶她，她却严厉地看我一眼，阻止了我。她的手深深地插在泥土里，使劲往下按着，慢慢地、一丝丝地站起来，站直了身子。她扯紧我的手，向小泥屋走去……

他的琴

妈妈在葡萄架下摆好桌子，桌上有葡萄和苹果，有金色的瓜和月饼。

父亲在很远的大山里，他不能回来与我们一起过这个节日。这个不冷不热的秋天啊，这是一年里最好的一天。妈妈的银发闪着光亮，站在葡萄架下，向远处望着什么。

我想她在望黑乎乎的山影，在倾听铁锤击打石头的声音。

父亲据说是在开一个山洞。他们那一伙人很多，散布在一个峡谷里。烈日下，我看见石头上的石英斑发出耀眼的光。

我坐在桌前，等待着什么。我没有见过父亲，因而也不太想念他。我这会儿想的是另一个中秋节。

那一天也是这样凉爽，也是在葡萄架下。我们的孤寂的小屋仿佛年轻了，美丽了。妈妈在木桌上摆了水果。小木桌被水洗得发白了，像妈妈和小屋一样质朴。

妈妈让我吃水果，说过节了过节了，这是你父亲最喜欢的一个节日。一说到父亲，妈妈的眼睛就眨了几下，有些湿润。妈妈有了白

发，可她还很年轻。妈妈的头发又软又滑，闻一闻有一股香味儿，像葡萄的气味。

那天我让妈妈讲个故事。妈妈说有一座大山，很高很高。有一个人，是个巨人。巨人被一个恶神缚住了，为他做工。巨人的脚上拴了铁链。巨人每天开山，用一把大锤击打山石。他一锤落下去，就响起一声雷鸣……隆隆，你听这声音，你听吧，它从很远很远处滚动而来了，隆隆、隆隆。

只要这天际的隆隆之声不绝，那个巨人就活着。他活着，妈妈说就什么也不用怕了。

巨人属于一切善良的人们。

那个傍晚的晚霞映红了葡萄架，空气中有一股甜丝丝的气味。这是因为晚风掠过了秋天的原野。无数成熟的稼禾和甘美的浆果气味汇聚到一起，形成了仲秋的气息。

就在那时院门响了一下，有人进来了。妈妈走开一会儿，我站起来。妈妈领来一位二十来岁的姑娘——她是我们都熟悉的一位老校长的女儿。她叫卢玲子。她家离我们这儿有好几里远，再说我们的小屋又孤单单地在果林里……她来得多么出乎意料啊！

妈妈高兴，我更高兴。

卢玲子坐在桌旁，微笑着，与我们一起吃水果，看晶莹的月亮。她多么好啊，那么安静地坐着，那么好看！

讲个故事吧卢玲姐，讲个像你一样好的故事——她真的讲了。她的故事是关于美丽的仙女的，故事结束时我想她简直就是那个仙女了。

后来，卢玲子又为我们弹了琴——妈妈从屋子里找出了一把满是灰尘的琴。她小心地调了弦，弹了一下，发出了美妙动人的声音。我真想不到啊！她一边弹一边唱，又黑又亮的眼睛一会儿看看我，一会儿又看看妈妈。

　　　　我的歌一支又一支

　　　　从来没人倾听

　　　　我只好一个人度过黄昏

　　　　一个人拨响那把

　　　　被灰尘封起的老琴

　　　　鸟儿伫立枝头

　　　　荒野染上血红

　　　　这不平凡的时刻

　　　　我在谛听那架大山的回音

　　妈妈听着，不知怎么流出了泪水。卢玲子停止了弹琴。妈妈说："你弹得太好了！"卢玲子微笑着摇摇头，把琴递到我手里。我试着拨响了几个单音。我弹得多难听！

　　后来我们一起在果园里走了一会儿。月光把我们的影子投在地上。浅浅的草叶中有小蚂蚱在蹦跳。卢玲子问，这是什么树？那是什么树？妈妈详细地告诉了她。卢玲子说她第一遭看见这么大的山楂树，这么茂盛的樱桃树……妈妈说是啊是啊，一个地方一种水土——这里的水土太好了，种下任何植物，它们都长得茂密，叶子黑乌乌绿油油。这儿的水果是最甜最甜的。还有，这儿随便掘一口井，都可以涌出很清的水，像山泉一样凉……

　　卢玲子眼里闪着兴奋的光彩。她是从外地随老校长迁来的，如今仍在外地工作，只有节日才能回家住几天。妈妈曾说过，老校长是一个满头白发的高个子，一个善良的文化人。在卢玲子的眼里，这片果园的一切都是这样的新鲜有趣。

妈妈问起了老校长的身体怎样？卢玲子说很好，说他常常提起这片果园、果园深处的人家呢。

……难以挽留的夜晚终于要过去。卢玲子要回去了。我和妈妈一起送她。我们给她水果，她怎么也不要。后来，妈妈再三要给，她只取了一个又红又大的苹果。

妈妈说："多好的人！她怕我们节日里孤单，就特意来陪我们。这么好的细心人可太少了！姑娘长得多好，多文静！"妈妈长久地感叹。

这个中秋节过得愉快极了。我觉得自己从来没有这么愉快过，虽然从卢玲子来到以后我没有说一句话。我已经不能说什么了，因为我的心一直在欢快地跳动。长期孤寂的日子里，我变成了不爱说话、多少有些怕羞的人。我的痛苦和欢快都藏在心里。这个中秋节，我只把幸福贮藏起来。这样，一旦有了痛苦的时候，我就开销一点幸福。我相信是用这样的办法才忍受下去的。

那个晚上我躺在床上，听着妈妈翻动着身体。她睡不着。

窗外真亮。有一会儿，我似乎闻到了卢玲子身上的气息在屋里飘荡。我大睁着眼睛，看着播撒在屋里的月光。后来我爬起来，悄悄地在潮湿的地上走了一会儿。我坐在了屋角的小木桌前，我想就这样静静地等待天明。

后来天亮了。中秋节过去了。

……

妈妈遥望着黑乎乎的山影。在这个父亲最喜欢的节日里，这儿没有歌声，没有那支鸣唱的琴。仅仅是一年的时间，妈妈的头发就白了那么多。

"妈妈坐下吧，妈妈还讲那个故事吧。"

她把一串葡萄推到我的面前，理了理头发。"那个巨人还缚在那儿。恶神给巨人的双脚拴了铁链。巨人在大山上日夜击打。恶神许下了愿，这座大山击穿的那一天，就放开巨人……"

"巨人真的要把大山击穿吗？"

"谁也做不到——巨人的锤子顶多给大山留下几个斑痕，他自己也知道。不过他还在猛击山石。他也不相信恶神许下的愿，因为恶神的话从来一钱不值。不过他还在猛击山石……"

"那他为什么啊？"

"就因为他是个巨人……"

我对这故事多么绝望啊！我多么想让妈妈换一个讲法。可是她不会那样做的。晚霞照在了葡萄架上，再有一会儿，那轮月亮就会升起来的。我回到屋里抱出了那把旧琴。

它全身没有一点灰尘。整整一年的时间，我没有让它染上一丝一毫的灰尘。我常常抹拭它，用一块花布盖住它。我幻想它在另一个中秋节里也许会重新发出美妙的声音。

妈妈微笑着看这把旧琴。

这是谁的琴？它的来路？我突然想到了这一层。我问妈妈。她摇摇头。我非要知道不可嘛！我偏要知道！妈妈不回答。妈妈啊，我不想过这个中秋节了，不过了……妈妈有些害怕了。她擦擦眼睛说："你听着孩子，你听着……"

这琴是很早很早以前一位歌手的。他抱着琴不停地唱啊唱啊！他每天都唱，足迹遍天涯。他的歌引来无数的人，他们围住他听歌听到半夜，欢呼声像大海的浪涛。人群也像大海，涌动着，一片一片望不到边。

歌手走到哪里都有一群群人簇拥着。他的琴永不离身……后来，有人害怕了。那是些凶恶残暴的人，他们持刀挎枪驱赶人群，让歌手和人群分开。可是歌手属于人群，他们永不分离。于是那些凶恶的敌人让歌手停止歌唱。歌手的歌声就是他的生命，他当然不能停止唱歌。他的手拨拉拨拉拨琴，敌人就把琴夺下来扔了。他没有琴，就挥动着两只手唱。敌人又把他的两只手砍去了。他就张大带血的胳膊唱。敌人于是把他杀掉了。

"这把琴就是那个歌手的吗？"

妈妈拾起桌上的琴，抚摸着，说："所有的琴，都是属于那位歌手的……他死了，可是他的灵魂在看护着人间所有的琴。"

我沉默了。啊，人间的琴，我们的琴……

一阵微风吹起。果子的香味越发浓烈了。我们的小孤屋子啊，我们正在过中秋节的小孤屋子啊，沐浴在这样的秋风里。

有人在拍打院门。我跳了起来。

一个姑娘——是卢玲子——她来了！

"啊，你来了，你来了！你看，我们这么静静地坐着，好像等一个人……"妈妈无比愉快地握住了姑娘的手，让她快些坐下，坐到桌前。

我压抑着兴奋打量她，发现还是那样浓密的黑发，还是那么亮的双眸。她的手放在桌上，一段白皙的胳膊从衣袖中露出。有一种我熟悉的香味儿从她周身散发出来。她跟我说话，我只是点一下头。我害怕听自己丑陋的声音。她的话音像脆亮的珠子的响声。

"我们又一起过中秋节了！"她说。

"是啊！好孩子，你去年来的情景还在眼前呢！你瞧，一年很快就过去了。"

妈妈的眼角好像有什么在闪动。卢玲子说:"我一直想着这片果园、小屋,想着这个夜晚。多好啊。我很高兴过中秋节,真的,高兴极了。"

妈妈终于把琴递给了她。她调了一下弦,弹了起来。

她的歌让我如痴如迷。我不断地闭上眼睛。她的歌一会儿就把我引向了远方。我又想起了歌手的故事,想起了那个挥动的流血的胳膊!我在她的温柔的歌唱中哭了,我俯下了身子,在小木桌上偷偷地哭着……啊,卢玲子的歌,那个歌手的歌。"所有的琴都属于那个歌手的啊!"我耳边又想起了妈妈的话。

卢玲子伴着琴唱着。她的声音先是轻轻地、轻轻地,像怕惊醒了别人的沉睡。这声音好像在追忆一个故事,一段又远又长的历史。这歌声好像在唱给一个遥远的先人,他白发苍苍,抄着衣袖坐在那儿倾听。

我抬起了头。

卢玲子看到了我的眼睛,接着转脸看了妈妈一眼——她在示意什么!奇怪的是她做这一切的时候,并没有停止歌唱。

一枚被泥土浸润着的红豆饱胀着。它这时缓缓地伸出了叶芽,缓缓地……

"我们的月亮!"我喊了一声。

妈妈和卢玲子都转过身去。啊啊,我们的月亮升起来了……月亮上有些什么发暗的东西——那自然也是大山。

有大山,就有巨人的故事。

卢玲子,你知道关于那座山和那个人的故事吗?不知道?知道?

一枚被泥土浸润着的红豆饱胀着。它这时缓缓地伸出了叶芽,缓缓地……

接下来，我们又到园子里去了。茂长的青草抚摸着我们的脚，活着的一些小动物在树下跳蹿。回身去看，一切都罩在一片朦胧中。多么长远的夜空、原野，多么神秘的天色啊！

在园里，我依稀听到了从很远的地方传来的隆隆声。我站下来，忍不住说："妈妈！"

妈妈也站下来，听着。

卢玲子不解地看着我，小心地挽起了我的手。啊，她的手掌多么温热，多么……我浑身一阵战栗。你永远挽着我吧，永远挽着我吧，永远也不要松开你的手……

卢玲子离开的时候，妈妈让我送送她。

路上我差不多一句话也没说。她总想让我说点什么……不不，我不说，我不说。

她身上的玉米缨一样清甜的气息又使我闻到了。我什么话也不说。

直到快分手的时候，她问了一句："你今年多大了？"

我说："我十六岁了。"

这是我一路上说的唯一一句话。

灌木的故事

　　芦青河滩上原来生有一片茂盛的大树林子。妈妈在里面迷过路，我也在里面迷过路。后来不知为什么砍掉了，现出一片旷荡荡的大沙滩，当然再也没有人在那儿迷路了。各种草蔓儿慢慢长起来，沙土下埋着的各样树根也发出芽来，成了一片奇怪的荒滩了。

　　有人正在上面放羊，羊长得很肥。很快，生产大队搞起了一个羊群。羊群真大，从栏里赶出来，就像水库抽开闸门一样，那"水流儿"呼啦啦涌开，漫掉了好大一片荒滩。

　　有一个面色黝黑的老汉手举着一杆鞭子，整天在河滩上吆吆喝喝。他的吆喝声十分奇怪，像唱一首奇怪的歌。据说他是从远远的南山背着一个箩筐逃到这儿来的，一个人在这河边村子里住了几十年。他是个孤老汉，我们都管他叫黑老京子。他的歌常常吸引我们一帮孩子久久地站在那儿，看他怎样挥动鞭子，"啪"地抡出一个钝钝的声音。

　　黑老京子看到了我们，站在远处，把鞭子搭上肩膀，然后迎着我们大叫："曬啊——拉哈哈哈……"

　　他叫着、笑着。这会儿我们仿佛都害怕起来，不知谁领头跑的，

大家"轰"的一声散去了……

后来，听说羊群增大了，黑老京子一个人赶不了，身边又多了一个半大小伙子。再后来，听说那半大小伙子嘴巴挺馋，竟然自己藏到一丛树棵里，偷偷烧吃了一只老羊！

一切大概都是真的，因为大河滩上确实只剩下黑老京子一个人了。那一个肯定是被罚走的。

这一年正赶上我初中毕业，没有升上高中。我要像村里人一样，在田里做一辈子活儿了。村里的人们都穿着破旧的衣服（奇怪的是这些衣服就从来没有新过），黑乎乎的脚杆从过短的裤筒里露出来，踏着那些永远也踏不完的田埂。他们就是这样过生活的。我当时没有感到这样的生活有什么不好，刚下田时还满高兴。到后来，当我充分领略了大头和铁钉耙的分量，尝过两手水泡全被划破后那股火辣辣的滋味时，我竟十分羡慕起黑老京子了。我想这个外地搬来的老头儿真有好运气啊，他就能做上那样的活路！

也就在我这样想的时候，村干部派我去跟黑老京子放羊了！哎哟哟，黑老京子，我跟你一样地交上好运气了……我很兴奋地自制了一杆荷鞭，到荒滩上追那片白云似的羊群去了。

河滩上如今已经生着一丛丛的灌木了。它们都是遗留在地里的树根生出来的，蓬蓬勃勃，和杂草野藤一起遮满了沙滩。鸟儿真多，整天在灌木丛里吵闹着。野兔儿常常从脚下的草窝里蹿出来，眨眼之间消失在一片绿色之中。在树丛下，碰巧还能寻到几个紫色的蘑菇。这就是今天的河滩，它又是一片绿色了，它使我想起记忆中的那片深密的树林……羊群缓缓地流去，安然地低下头来啃草。黑老京子奇怪地甩响鞭子，大声地吆喝，那还是像唱歌似的吆喝。

黑老京子在我心目中一直是个有点可怕的形象。他的脸又瘦又长，黑黑的，油亮亮，笑的时候皱纹拉开了，闪出一道道弯曲的白痕。牙齿也是白的，这可能因为他不抽烟。有好多颗牙脱落了，他一张嘴，就显露出一个个小黑洞来。特别是那身带有异地风味的打扮，让人看了很不舒服：长长的衣服，当腰再扎一条布带；裤子又短又瘦，下边还总要挽起来。他的鞋子本来是普通的黄帆布胶底鞋，可他为了结实，又用黑布在四周粘了厚厚的一层，那粘料，仿佛是沥青之类的东西……我不觉得滑稽，只觉得他身上有什么神秘的意味，使我害怕。

"你来放让（羊），先得学会使变（鞭）……"黑老京子操着他的异地口音对我说。

我没有作声，只是响亮地甩了一鞭。

黑老京子也没有作声，更加响亮地甩了两鞭。最后他大笑起来，笑完选中一片无草的粗白沙子，仰身躺了下来。他把裤腿儿揪一揪，露出瘦干干的腿让热乎乎的沙子烙。

"躺下吧，躺下吧！"他对我喊。

我只是坐在了他的身边，听着他嘴里发出满意的"呼啊、嗬啊"的声音：他被烙得舒服了。他哼了一会儿，却伸出手来将我一下子扳倒，让我和他一块儿躺在这片白沙子上……他把脸侧着贴到沙土上，说："瞅空儿瞥一眼羊。"

我像他那样看起来：远远近近的青草像一张绿毯一样铺开，上面一座座小山似的灌木；羊腿踏着这张毯子，无数的羊腿，很悠闲地踏过去……闭上眼睛的时候，就听见啃草的声音，"择、择择！"羊们是在编织还是在拆散这张绿毯啊？还有风的声音，芦青河的流动声，鸟雀的叫声……

"放羊这个活计，不是个活计……"黑老京子用心地烙了一会儿腿，开始对我说起话来……

这天我和黑老京子熟起来了，至少我不觉得他像过去那样可怕了。我问他前一段时候合伙放羊的那半大小伙子，他愤愤地骂起来。说："老龙吗？这个孬种！他来放羊哩，活活烧吃了一头羊。这个孬种！要是我生了这么个孩子，我把他扔进河里！"

他直骂"孬种"。

海滩上的野菊花长出了苞子，快到中秋了。我已经和黑老京子放了几个月的羊。这是怎样的几个月啊，这段时间使我完全忘记了黑老京子是一个令人惧怕的外地老头了，倒乐于听他那奇怪的吆喝声了。他的吆喝像歌唱，他有时也真的歌唱——我敢说从来没有听过这样奇怪的歌声——辨不清歌词，你只能听出一种节奏、一种情绪。他就随羊群往前漫散散地走着，将那杆黑溜溜的鞭子搭在肩头上，一边啊啊呀呀地唱着。我知道他在唱一首异地的歌儿，这是一种高昂、粗犷的调子。每逢晚霞将他细长的身影投到地上、他的歌声飘荡在茫茫河滩上时，我的心弦就像被什么东西猛地拨动了一下似的。

我在闲谈中知道了他的身世。他父亲是个老长工，父亲死后，他就接替父亲给这家地主看场院。每到了夏秋，小麦和豆子摊到场上时，都要由他拖起一个老大老大的桶子砘，碾成麦粒和豆粒。他肩上有一层厚厚的老肉，真的还有一层老肉。

……再后来，再后来因为他常到山后的一片灌木丛里，地主要用粗粗的车刹绳勒死他。他是逃命跑出来的……

到那丛灌木里边干什么呢？

黑老京子一脸皱纹抖动着，并不回答。他接上又唱起来，目光久久地望着远处的山影。啊，他轻轻地唱，那歌声就是从几个脱落的牙齿的空隙里发出来的。只听得出一种节奏、一种情绪，这朦胧隐去了一个不为人知晓的故事……

有一天我带到河滩上一把月琴，没事了就坐下来弹拨。黑老京子惊讶地瞅着我的手指，兴奋地用鞭杆捣着沙土说："有这份手艺吗？哎呀你有这份手艺……"

这是一把十分陈旧的月琴，却能发出悦耳的声音。我很小时就从外祖父手里接过它来，做过很多关于它的绮丽的梦。我梦见自己怀抱着它，坐在了又厚又重的紫色丝绒大幕后边，轻轻地、有些羞涩地拨响了它。我希望它能帮助我改变眼下的生活。

……黑老京子并不反对我坐在树丛下边弹琴。每逢我们将羊拢到一片新草地上，我就弹了起来。他总是将黑鞭杆拄在地上，用心地听着。有时他听着听着昂起头来，久久地望着南边的山影；望一会儿，他就会忘情地唱起来。那还是他反反复复唱过的、奇特的歌儿。谁也无法分辨他唱了些什么。他把鞭杆儿搭上肩膀了，一步一步朝前走去，让西风撩起那个过长的衣襟……

我们的羊群膘肥体壮，怪惹人爱的。在我们这块地方，土地也算得上肥沃了，可是这几年就是长不好庄稼了。村子里的人们穿得也越来越寒酸了，他们在秋风里抄起手来，微微弓着腰，夹着农具走出村来，走到窄窄的田埂上去劳动。他们常常拐一个弯子到河滩边上，抽着烟，议论一会儿这羊、这草、这灌木……黑老京子老远地跟他们打着招呼，甩着鞭子，兴奋极了。村里人亲热地喊他"老京子"，大声喊叫着跟他说话。黑老京子显得比任何时候都高兴，人们上工去了，他还站在那儿笑着。他像个孩子。一次他目送着离去的人们，转脸对我说：

"哪里有这么大一群羊？这可不是吹出来的！当年，我看着这片沙滩荒起来，就跑去跟领导说：'养羊！'……"

原来当初是听取了他的建议。我有些钦佩地望着他。

黑老京子用鞭杆往前划了一下说："这片树丛子是宝啊，没有它们，大风就把沙子卷起来了，白茫茫一片，你哪里放羊去！树丛子在白沙地上是宝啊！"

黑老京子说着在地上坐下来，一下下地捶打着腿。他望着远处的村子，望着村子上方那层雾霭，沉重地点着头，又摇着头。他那张黑色的脸庞像铁一样。我跟他说话，他没有听见。停了会儿他告诉我："你知道吗？一连几年，村子里分红都靠这群羊。吃盐、买油点灯，都靠这群羊了。这个庄子眼看完了，靠一群羊……"

我没有吱声，把手里的月琴推到一边去了。我在看我腿上这条裤子：皱巴巴的，仔细些瞅，还可以看出隐隐的小碎花儿。这是妈妈用早年的一条花裤子染了为我改做的，真不体面啊。还有月琴，每一次断弦，我的心就随之震响一次。我害怕伸手跟妈妈要钱买弦……我这时不知怎么想起那个烧吃老羊的老龙了，我真恨他。

"好好弹你的琴吧——你用这个手艺去找饭吃。你不用靠这群羊，你靠琴。"

黑老京子费力地睁大了眼睛，看了看走远的羊群说。

我抚摸着琴，感激地看他一眼。

秋风渐渐变得凉了。灌木的叶子开始落了，落叶给秋草盖上薄薄的一层。黄的叶子，红的叶子，还有深秋里也不衰败的各色野花，大河滩倒是愈加美丽了。每天傍晚的时候，浓浓的白雾就会在芦青河道的苇蒲上飘荡。晚霞里，河水显得又宽又平，远远地跳起一条鱼儿，只溅起水花，听不见声音。夜色浓了以后，才有数不清的响动一齐传过来，那是谁也说不清的、荒野里的声音……羊群更肥了，这因为地上大大小小的果子、草籽都熟了。

有一头很肥的羊不见了。在一丛杨树棵子里，我和黑老京子发现了它散落的毛、一片血迹……黑老京子久久地低头看着，突然，一拍膝盖说："浪（狼）！"

这儿从来没有狼。黑老京子说肯定是顺着河套子跑下来的。他嘴里发出"啊呼、啊呼"的叫声，连连说要把它除掉。

黑老京子开始动手做一杆枪了。从他整日严肃的脸色上，我知道了事情的严重性。我也很想帮他一下，可惜我什么也不会。他不知从哪儿搞来一些铁条铁管，每天里敲打、钻锉，直搞了好多天，然后连连说"行了"，就动手做枪托了。那枪托是一块老大的歪槐木做成的，粗笨不堪——一支土枪就这样做成了。

第一枪为着试验，向一块空地放响了！

整个荒滩都跟着鸣响，好不威武！河里的苇丛、满滩的灌木，"唰唰"飞出好多鸟儿，尖叫着扑向空中……我想这是一支好枪。

黑老京子从此不管白天黑夜，不管那枪有多么沉重，总背着那枪了。奇怪的是那只狼总也没见。黑老京子有些惋惜地拍打抚摸着枪杆，嘴里连连咕哝着："这匹狼！这只不守信用的狼，我原以为它注定还要来的……"

"不守信用"几个字使我笑了好一阵子。

终于没有猎到那匹狼。我们就用这杆枪打野鸡、野兔，放在火上烤着吃。黑老京子还有一身好水性，跳到芦青河里，一会儿就能摸上来几条身上生着斑点的花鲇鱼。秋水太凉了，他跳上岸来，总是急火火地奔跑一阵，伸长了脖子呐喊。他喊了些什么无法听清，只是，眼望着远处的灌木和天空呼喊。他告诉我：这样喊是能够抵御寒冷的。我倒觉得有些好笑，我想"寒冷"总不会像个胆小的人一样被喝退吧。

夜晚，有时我们归去得很迟。我们要等到羊吃饱了肚子再回家。夜露降下来，我们都揪紧衣襟坐在沙土上。我常常依靠在黑老京子的身上，有时还将手伸到他宽大的衣襟下，去寻找那片舒服的温热。头上是一片眨动的星星，四周是黑魆魆的灌木。无边的夜色里，传过一片带有神秘意味的、"择择"的羊儿啃草声。我将头紧紧地靠在他的胳膊上。有时我不知不觉地睡着了，睡梦中在攀一棵高高的老槐树，用手狠命地扳住它那苍老而坚硬的皮……我醒来时，发现竟是将手搭在了黑老京子的肩上，碰着了肩头那厚厚的茧子肉。这使我想起了那沉重的桶子砘，仿佛看见它在厚厚的麦草、豆秸上缓缓地转动……我轻轻地呼唤一声："京子叔……"

黑老京子略有吃惊地"唔"了一声，然后伸出那个瘦长的巴掌，小心地摸着我的脸。树丛上，正好有一滴水珠甩下来，打在了我的眼睛上。我的眼睛有点湿润。

白天，我仍抓紧一切空闲时间弹那琴。

我的琴长进了吗？没人知晓。黑老京子总说好，总要随着琴声唱开来，唱他那首永远也没有终了的歌。我的眼前只是一丛丛绿色的灌木，它们在琴声里摇曳，发出"沙沙"的应和声。有时我甚至感到它们在向我叙说一个故事，叙说那些人间还不曾注意、不曾了解的故事……它们或许讲到的正是它们的先辈——那些乔木怎样被痛苦地砍伐，倒下时流着血液、渗进沙土，怎样化为这一片葱绿的灌木……

这一天，我和黑老京子赶着羊，一前一后地在大河滩上走着。突然前边的黑老京子愤怒地迎着一丛灌木呼喊起来，接着摘下肩上的枪……我赶紧跑了过去——原来是有个人藏在灌木中，要用树条拴一只羊，被黑老京子发现了。

黑老京子瘦长的身子抖动着，两眼睁得圆圆的，可怕极了。他大喝一声："我用枪打死你！"

拴羊的正是老龙。我突然明白过来：这就是那只"不守信用的狼"了！……他有十八九岁，面皮黄黄的，上面还生了几块奇怪的青斑——也许他的外号就是由此而来的吧，我就从这斑纹上想到了一条龙……老龙吓得连叫"大叔"，一双手求饶地摆动着。黑老京子却并不收枪，只是愤愤地骂着。我也恨透了这个馋鬼，这时上前踢了他一脚。老龙很老实，只是摆着手。黑老京子骂了一会儿才收了枪，老龙从沙土上爬起来，一歪一歪地走去了。他走出十几步时，突然转过头来，向着黑老京子扮了个鬼脸。黑老京子于是重新恼怒起来，摇摇晃晃追上去，"啪"的一鞭，将老龙打倒在地上。老龙呜呜咽咽地哭起来……

　　整个的一天，黑老京子都是愤愤的。他说："他如果再一次来祸害羊，我真用枪打死他。"黑老京子说这话时两眼放出一束恨恨的光，这使我相信他真的会那样做的。这并不过分——羊是黑老京子的性命啊！

　　傍晌午的时候，我们让羊群贴近河边的水汊子啃草。羊渴了，可以自动去喝河汊里的水。我和黑老京子这时就悠闲地踏在隆起的沙岗上（这道沙岗实际上代替了简易的河堤）。黑老京子把羊鞭和土枪一块儿搭在肩膀上；我则把琴装在一个布袋里，斜着捆在后背上。我们可以望到很远的地方。河水从远处静静地淌过来，无声无息地又淌去了。阳光变得很亮，映在镜面般的河水里，河水也耀眼了。沙岗脚下就是坦坦荡荡的大荒滩了，那密匝匝的灌木，青草沿着河岸延伸开去。我们的村子懒洋洋地睡在荒滩那边的田野里，此刻到了午饭时候，却没有升起几缕炊烟——近几年学来"先进经验"，午饭就在田头吃干粮了……

　　"唉唉，咱庄里的人苦喽……"黑老京子那双包在深皱里的眼珠儿动了动，叹息道。他转脸看看河水，又盯一盯脚下，摇摇头，又摇摇头，"我就不信一马平川好地方，人也勤快，没白没黑地做，咋就会这般穷！遭了邪了，遭了邪了。前几年老实的庄稼娃儿也敢喊'造反了'——他们不怕杀头吗？遭了邪了……"

我跟在黑老京子身后默默走着，听他东一句西一句地扯着。"你年纪小记不得事情，记不得事情也好。那一年乡上来个干部住在村里，不让养鸡！村东光棍老二（他爸是地主！）多养了一只，又顶撞了干部，让民兵吊到了屋梁上。晚间吊的，你爱神（信）不神……那干部，听人说如今到县上做大官去了……"

黑老京子说到这儿取下鞭子抡了几下，那"啪嚦啪嚦"的响声震人耳朵。沙岗上的几缕乱草被鞭子抽飞了，沙子也溅起来。黑老京子伸长脖颈倾听了一会儿回音，然后更猛地抽打起来。他那瘦削的身子剧烈地扭动着，大口地喘息，疯狂般地抽打着脚下的沙岗。这苘鞭的声音这般沉重，钝钝的，我相信此刻很远很远的地方都会听得到……

这年的冬天来得早。雪，厚厚地盖在大河滩上。

阳光躲在云层里，雪不愿融化。后来开始慢慢地融化，荒滩上真冷啊！整个的冬天黑老京子都住在他河滩上的窝棚里，这窝棚是贴近了羊栏搭的。我们瞅着阳光充足的日子把羊赶出来，听一天它们饥饿的、百无聊赖的吟唱声。羊们消瘦了，我和黑老京子也消瘦了。我们就是这样挨着冬天。窝棚里常常聚起一帮子村里人，他们或者是从野地的沟渠上赶来暖和手脚，或者是来找东西吃的。人们在这个冬天好像普遍感到饥饿，总想方设法寻找东西吃。黑老京子常猎来野味，人们嗅见香味儿就跑来了。

夜晚，我和黑老京子点起一堆火来抵御寒气。河里结起了厚厚的冰，不知为什么又要碎裂，彻夜传来"楞列、楞列"的声音。我弹那琴，黑老京子唱他的歌，我们互不打扰。有一天他喝了些酒，唱着唱着就兴奋起来。他谈起芦青河的源头——那远处的大山，炫耀般地说："那地方是好山水咧！"

我问："怎么个好法呢？"

"水多，山也绿，到处灌木丛子……"

"还有呢？"

"就是到处灌木丛子……"

黑老京子用手摸着下巴，"放牛、放羊，采蘑菇，打草，都在树棵子里。年轻人也在里面闹……"

我突然想起什么，就问："不是老东家为你跑树丛子，要用绳子勒死你……"

"唔唔……"黑老京子抛个木柴到火堆上，不作声了。

我重新弹起了琴。

黑老京子也轻轻哼了起来。他哼一会儿说："我哼得不好，那是她自己的歌……"

我像没有听见似的弹着琴。

"老东家有个姑娘，小我两岁——我就再没见过这么好的人儿——也真怪，她爸整天抽水烟，脸都抽黄了，还能生出这样的好人儿……我进山，她也进山，老唱这歌。这歌唱了两年。那一天在树丛子里，她用手摸了我的脸……都怨树丛子太稀了，被人瞅见了……"

我像没有听见，仍旧弹着琴。

……

　　在那个哟赶牛道旁

　　杂生来，一片蒺藜花

蒺藜花，黄达达

道边的野菊不如它

掐一朵，又一朵

花小叶密不嫌多……

我仍旧弹那琴。可是这一次我听见了。我觉得好像是他故意让我听清楚一样。这就是那首没有终了的歌啊！

……灌木丛中还有过什么故事？我没再去问，只是用想象的链条去衔接起来。

……

在那个哟赶牛道旁

杂生来，一片蒺藜花

……

黑老京子伸长脖子，用力地吟唱这首歌。他今晚唱得特别吃力。火苗儿映红了他的脸，映红了他那身带有异地风味的衣裳。这身衣服上那么多补丁，有的补丁竟用了红的、白的布……真寒酸啊！他瘦长的身子在寒风里微微颤抖，两眼直直地望向南山……我看着他，真想象不出像他这样一个人还有那样的故事。然而这一切都是真的啊！

在那儿，在那高高的山里，爱确实播种过，并且萌发了，长成了一棵高高的树；有人恶狠狠地将它砍倒了，它遗留的根须却没有死去，又化为一片葱绿的灌木……

我仍旧弹着那琴。……

这夜，我和黑老京子都难以睡去。我们谈了那么多。他向我袒露了秘密：他要等这片灌木在河滩上长旺、草长肥，养更大一群羊、一群牛！"那会儿，"黑老京子嘿嘿笑了，"庄里人许是能啃上白馍？"他虽然在问，其实那语气中充满了肯定，甚至还有一丝傲慢……接下去又谈了一些村里的事。例如，那个老龙前些日子给上边写了一篇告状的文章，叫《俺庄里资本主义十八例》。县上有人看中了，如今把他结合进了支部呢！

谈到老龙，黑老京子又愤愤地骂起来。"这年头，偷羊吃的也进支部！"

冬去春来，接上去又是一个秋天。这个秋天里我的琴真的长进了。黑老京子早就预言我要吃这碗饭的，机会果然也就来了。

县里原有个吕剧团，由于要演"样板戏"，就改成了京剧团。一个早晨改过来，专门人才成了问题，我就背上琴找他们去了。他们同意收我做合同工，给了我一张合同纸。我兴冲冲地跑回村里找领导盖印章，谁知印章没有了。问了问，我差点气得哭出来。

印章拴在老龙的裤带上。

我十分丧气地回到了大河滩上。黑老京子摸着我的琴，一声不吭。他停了会儿，仰天长叹一声，"唉，村子真落到他手里了……"

一天下午，老龙在几个背枪民兵的簇拥下来到了河滩上。几天不见，老龙令人难以置信地完全变了。他不像过去那样猥猥琐琐了，而是大背着手走起路来，身子一摇一摇的。头发全整得向上竖起，很亮，可能抹了豆油。他见了我和黑老京子，猛地站住，接着胸脯神气地往上耸了一下，样子实在有些滑稽。他问我："你，找我有事吗？"

我不想回答他，但一个声音却要固执地冲出喉咙。我嗫嚅着："我想，盖印……章！"

"哼哼……"老龙抽起一支粗粗的雪茄来,"盖印章,然而印章拴在我腰带上哩!"

几个民兵笑起来。

老龙又向黑老京子严厉地喊了一声。黑老京子一直把背向着他,我想老人转身时一定会狠狠抽过去一鞭——谁知我完全错了——黑老京子听到喊声缓缓转过身来,然后冲着老龙微微一笑。

这笑深深地激怒了我。

老龙闭上一只眼睛说:"还不错,你还会冲我笑。然而我看你还想抽我一鞭子……"

"嘿嘿,嘿嘿,那是过去哩……"

"然而……"老龙闭上了另一只眼睛。他如今喜欢上"然而"了。

黑老京子往前上一步,笑着说:"龙啊,你就给他盖上印章吧……"

老龙就像没有听见,用大拇指朝民兵们摆了一下:"我们走!然而……"

他们走了。我用手捧住了头。黑老京子喊了我几声,我一动不动。我有些厌恶他了。

黑老京子极有耐性地蹲在了一边。停了会儿,他懒洋洋地躺到沙土上,烙起了那两条瘦腿。睡着了似的没有一点声音了。

这一整天,我没有和他说上一句话。我有气无力地吆喝着羊群,甩着手里的荷鞭,闲下来就弹这琴。我弹得缓慢沉着,一下一下轻轻地拨……当他从我面前走过时,我就垂下眼睫,瞅着面前这双脚:穿了黄帆布胶底鞋,鞋帮上粘着厚厚的黑布……

老龙以后就常常叼着雪茄来河滩上了。黑老京子仍旧微笑着。我和黑老京子几乎没有多少好谈的了,我真的有点厌恶他了。黑老京子仿佛也不想说什么,一个人默默地随在羊群后边。他常冒着凉凉的秋水捉鱼，一连几个钟头站在河里，上岸来皮肤冻得发紫，挂带着苇秸割伤的口子。但我从没见他像过去那样坐下来烤鱼吃。他还开枪打过两只野鸡，后来也不见了。他像病了一般，整天无精打采的。我有好长时间没听他唱歌了。有一天我们来到一个沙岗上，他躺到一边望着天空，声音低低地说："你厌弃我咧！好小伙子——你是个好小伙子。不过你不知晓度日子的难处啊！就在这大河滩上甩一辈子苘鞭吗？你有琴哩，你该带上琴走，你还年轻……"

"老龙算个什么，冲他笑……"

黑老京子身子抖动起来。他闭上了眼睛。一滴泪珠颤颤地从眼里落下来。他把那杆黑溜溜的鞭子压到胸口上，上下摩擦着说："是我贱气呀。不过我看你心全在琴上了，琴是你的宝贝哩。我想求老龙，放你带上宝贝走……"黑老京子说着坐起来，用力地拄着鞭杆，身子使劲探过来说："老龙欺负我，我也会忍的。过生活啊，你得学会忍。可是谁也别想碰一点我的宝贝——人人都有一个宝贝的，老龙别想碰一丝我的宝贝！"

黑老京子说到这儿瞪圆了一双眼睛。这眼睛突然变得锃亮，闪烁着果决而坚毅的光。

又是一个星期过去了。

县剧团又一次催"合同"，我知道事情要吹了。……夜间，我一次次惊醒过来，琴！我做过多少关于你的美好的梦啊，而今天，似乎一切永久只是一场梦了！泪水打湿了我的枕头，我恨死了老龙。我终于明白了：琴是我的希望、我的宝贝……

痛苦和焦虑像蛇一样啃咬着我。我完全失望了。可就在这时，一个民兵传我到老龙那儿，说要给我盖印章了！……一切都是真的。我惊讶而迷茫地收好盖了红色印章的合同纸，带着满心的喜悦和被捉弄之后的羞愧，急匆匆地赶到城里报到去了……

　　丢掉牧羊鞭，接上是一场场突击排练。当我搓揉着发木的手指放下琴，突然想到大河滩和黑老京子时，已是两个月之后了。

　　谁能想到会有这样的两个月啊！

　　我回到了大河滩上，发现到处是红旗，是人群，没有羊群了，没有黑老京子了，人群在砍伐着灌木……灌木，浓绿浓绿的灌木啊，被人流践踏着，埋到沙土里，拉土的马牛往上撒着尿……一个老人（他以前常到黑老京子的窝棚里吃烤兔肉）谈到黑老京子，连连叹气。

　　原来老龙去地区开了一个农业会议，头脑一热，回来就要"跟河滩要粮"……浩浩的人流涌到河滩上，黑老京子拼命拦住了他们，他说砍了灌木，满滩的沙子就要飞起来，他又跺脚又嚷，老龙上去打了他一个耳光，他骂了起来，老龙让民兵把黑老京子捆了起来，毁了他的土枪，没轻没重地揍了一顿。黑老京子疯了一般，带着满身的伤痕，爬着、滚着去乡里找上级，告老龙……

　　这一切都令我吃惊。黑老京子的执着和勇敢是我怎么也想不到的。我的眼睛湿润了……我绕开人群，沿着河边那道沙岗往南走去，终于又听到"咩咩"的声音，发现了岗角那稀稀落落的几只羊。黑老京子就蜷曲在岗顶的一个草丛里，他周围的苇秆让秋风吹出"沙沙"的声音……

　　我趴在黑老京子的身边哭了。黑老京子那件过长的上衣全被树枝什么的扯破了，露出了黝黑的皮肤。他木木地看着我，又把头转向一边。他好像困了，闭上眼睛，他过了一会儿问道："你的琴又长进了吗？"

　　我点点头。

　　"你该带上它回来……"

我又点点头。

黑老京子说话时一直将脸埋在胳膊弯里。他这时翻了一下身,望着远远的几只绵羊说:"灌木丛子全完了……我的灌木丛子……养不成羊群牛群……都怨那些树棵子太稀了,老东家要用粗绳子勒死我……不,树棵子全没了,成一片黄沙了……快走开吧,起风了,沙子打人的脸……"

他的声音越来越小,最后变成喃喃自语了。无法弄明白他的意思,他的思绪像被一场梦幻牵引着一样。

临离去时,我劝他想开些,把剩下的几只羊管好算了,好好搭一搭窝棚,冬天快要到了……他点点头,再没说话。回去的路上,我又看到了那些被刨倒的灌木,耳边立刻又鸣响起黑老京子的喃喃自语。我突然明白过来:他的"宝贝"就是这大河滩、大河滩上的灌木!……我的心头又飘过了那首歌,那首最先在灌木中唱出的歌……

我离开了黑老京子。从此弹琴时常常要听见荷鞭的声音,这当然只是幻觉。演出任务紧,回村的机会少了。后来我听说县里某领导同志反对乱砍乱伐,提倡多种经营,并且关照了一下黑老京子……我听到这消息高兴极了。但没有多久,又听说那位领导被打倒了,黑老京子被人告发是隐藏下来的"地主管家",还想用私藏的武器(这当然指那杆土枪了)刺杀革命干部(就是老龙)……

冬天到了。芦青河两岸落了第一场雪。

我的合同到期了,要续合同,必须再找老龙盖一次印章。一个早晨,太阳升得很高了,我找到老龙时,他还钻在被子里。他揉着眼睛接过我的合同纸,然后点上一支雪茄看起来。他问道:"然而你的工作是很重大的,完成得好吗?"

我说:"不好,合同就不会续下去的。"

"然而……"老龙翻动着合同纸，费力地转着脖颈（他如今奇迹般地胖起来了），看了一会儿，恹恹地翻身从裤带上取下印章，攒紧了说："早不来晚不来，偏在我睡觉时来，唉……"说着将印章放在嘴上哈一口气，重重地在合同纸上按了一下……我抓起合同纸就走，老龙却把我喊住了。

"还有什么事？"我问。

"嘿嘿！"老龙笑着，后悔似的盯着我手里的合同纸。笑了一会儿他说："这，合同然而每年都要盖一个印章的……嘿嘿，你走时送我那些鱼什么的，满好……"

"我送你鱼？！"我大大地吃了一惊。

"可不嘛，你让黑老京子拿来的。"

"这……"我愣住了。迷茫中，我突然想起那年秋天黑老京子一次次冒着秋凉去摸鱼，后来摸到的鱼又莫名其妙地不见了！我一下子全明白了——原来，老人见我性子刚，背着我为老龙捉鱼啊。他为了我的琴，一次次把高高瘦瘦的身体弯下来，进门来找可恶的老龙！我仿佛又望见了他那水淋淋的身子、被苇秸划破的血口……我一颗心怦怦地跳起来，大喊了一声："黑老京子呢？"

老龙重新往被窝里面钻一钻，说："在村里呗——后来又查了查，他还是长工——就放回来了。便宜了他，他想打死我……"

我不顾一切地跑出了这个肮脏的小屋。

黑老京子呢？他还在大河滩的窝棚里吗？我踩着厚厚的雪往河滩跑去。大河滩没有了一点绿色，狂风早已把沙子堆成了高高矮矮的丘陵；雪藏住了沙丘，看去像一个个大小不一的坟堆。是啊，这里埋葬的东西太多了，埋葬了灌木、青草，埋葬了无数鸟雀的欢歌……这里如今是真正的沉寂了。我这时甚至牵挂起往日奔跑在荒滩上的野兔、叫不停的山鸡，想着它们一下子都去哪里安身了呢？那里可有绿草、可有灌木？如今这里可是真正的荒凉了，真正的荒凉了……

一个没有绿色的世界，多么可怕啊！

有一个驼背老头从一个大沙丘后边转出来了。他用手捂着嘴巴，在不停地咳嗽。他的衣裳很单薄，身体在寒风中抖得很厉害。他走着，突然昂起头颅呼喊起来——啊啊，如果不是亲耳听到，谁会想到这巨大的声音是他发出来的？这声音传得很远很远，茫茫荒滩上，它执拗而顽强地越过一道道沙丘，飞远了——多熟悉的声音啊，黑老京子，你还在像过去那样，用呼喊抵御寒冷啊！

我凝住了似的站在那儿看着。我看到老人肩上还搭着一杆黑溜溜的旃鞭。我突然意识到忘了带一样东西，赶紧转身跑开了。

我取来了琴……

我们紧紧地抱在一起。我把那么多的泪洒在他宽大的衣襟上，可他眼睛里一丝眼泪也没有。我望着他：黝黑的脸变小了，皱纹变硬了。头发全部像雪。脖子还可以看到疤痕，可是筋肉却又韧又紧……他伸出乌黑的手指，抚摸了一下我唇上刚生出的茸毛。他说："我听听琴长进了没有。"

我将腿盘起来，像过去一样。我仍想象着眼前有一片葱绿的、一望无际的灌木……我的琴长进了吗？不知道。今天回答我的，还是那四周的灌木……

黑老京子默默地听着。他闭上了眼睛，轻轻地点着头。

回答我的，只有这四周的灌木……

黑老京子缓缓地在雪地上走去了。他抬起头来，费力地遥望着什么。他微微张开了嘴巴。他又唱起了那首奇怪的歌。这歌由一张没有牙齿的嘴唱出来，更加含混了。然而我每一个字都听得懂。

……
在那个哟赶牛道旁
杂生来，一片蒺藜花
……

这歌像过去一样哀怨而热烈，可是却增添了过去所没有的昂扬与
激愤。有一种更深沉厚重的东西埋在了其中，沉邃庄严……他唱着，
面向无边的荒沙，坚定地、一步一步地走去。他还穿着那双难看的、
结实的、奇怪的鞋子，这双鞋子把个沙滩落雪踏出深深的印子。没有
比这双眼睛再让我吃惊的了：它盯向雪野，有一些悲哀，但没有一丝
畏惧，倒是射出了一束顽强的、期待征服的光……

……
在那个哟赶牛道旁
杂生来，一片蒺藜花
……

我仍旧弹着这琴。我在想这首最初从灌木丛中唱出的歌，想那郁
郁葱葱的灌木……我终于明白了黑老京子很早以前说过的话：每人都
有一个宝贝。谁也别想碰它一丝——它似乎是一种信念、一种事业？
黑老京子为它划了一条界限，在没触碰到这条"界限"时，他尽可
以忍让、忍让，甚至忍辱负重；捍卫它时，他舍得流血，他舍得生
命！
我用力弹了一下琴，收住了曲子。

……

最后我们回到了窝棚里。这个窝棚的确搭得很结实。黑老京子告诉这是庄里人帮他搭的。我说："不放羊了，你何苦住这河滩上。"他点点头，冷笑了一声，"哼哼，灌木丛还要长出来。你以为他们把根须刨净了吗？有根须，就要发芽，长一河滩！我死不了，我等着它长一河滩啊……"

我沉默了。

我接着轻轻地弹起了琴。黑老京子站起来，弓着腰钻出窝棚，甩响了他的苕鞭。

这一夜，我也睡在窝棚里了。睡得很香甜，醒来时，发现夜里又下了一场大雪。大河滩盖在更厚的一层雪下边了。

花　生

大海滩上的槐花开了的时候，正是花生播种的季节。大家都盼一场雨，好在湿漉漉的沙土上铲坑撒种。

我们学校的农场就在一片花的海洋中。

早晨，露水湿了槐花，风一吹都洒在海滩上。多大的夜露呀。可是再大的露水也代替不了一场小雨。下场雨吧。管农场的严爷爷说："再不下雨就得去芦青河里挑水了——不能错过季节。"

我们又等了十天。坏了，真应了严爷爷的话，天还是不下雨。

这天一大早我就出发了。海滩上成片的槐花沉浸在晨光中，皎洁的槐花散发出浓郁的香气。花芯里清亮的水滴被摇落，洒在大家的脸上、手上。哎呀，多舒服。队伍最前边的严爷爷不时伸出那双布满老茧的手去拨开一个个花枝，他还笑眯眯的呢。

哪里有我们，哪里就有歌声，有吵吵闹闹的声音。从河边到农场这十里路，热闹极了。水桶碰水桶，有的人腰拧疼了，脚上扎刺了，大家都喊个不停。

挑水的活儿太累，肩膀要硬才行。所以我们男女同学分工清

楚——男的挑水，女的播种。她们只需要把一瓢瓢水浇下去，把种子往锹下一甩也就成了。

真累啊，这一辈子也忘不了种花生的事。

亏了有个严爷爷，有一条清清的芦青河。白发苍苍的老人负责在河边上取水，赤着脚干活，穿个黑色短裤。有一次他捉了一条鲫鱼，在手里一蹿老高，大家都欢呼起来。"咱们累了就歇歇，捉几条鱼烧了吃。"他说。

女同学知道非馋坏了不可。想想看，俺们围在火边的情景；想想看，她们傻乎乎地在那边等水的样子。哈！哈！

严爷爷原来带了钓钩。他把闪亮的丝线抛进水里，我们就屏住了呼吸。丝线一抖又一抖，他就一耸、一拉、一提，然后缩起了丝线。结果有条身上带黑点儿的大鱼绞动着上来了，尾巴直抽打严爷爷。严爷爷说："俺不放你了，你不愿意也不行。"

这样，我们捉了四五条大大小小的鱼，还捉了一只鳖。它是从河的另一边爬过来的，被严爷爷一脚踏住了。大家由老人指挥着，捡干柴、弄引火草，一会儿就点起火来。

我们大概都不会忘记这顿美餐的滋味。一条条鱼烧烤得黑乎乎，样子吓人，可那味儿又怪馋人的。那只鳖的长脖子和脚都缩进去了，成了个黑蛋蛋。严爷爷用一把小刀子切开鱼和鳖，让我们围在四周。他像喂小鸟一样一口一口喂我们。

大家噗噗地吹气，因为刚从火中取出的东西太热了！

老头儿吃着吃着，从衣兜里取出一瓶烧酒，一仰脖儿饮下一口，舒服得大叫。"俺也喝！俺也喝！"有一个同学嚷着。老严爷爷真的把酒瓶儿伸过去了。那个同学试着喝了一口，呛出了眼泪。但一会儿又想喝。

酒原来像辣椒一样！我从来没喝过。原来它是这样的！它把我辣过了，辣得大喊大叫，到后来又想再试一试！

这次差不多都喝过了酒，兴奋得喊个不停。酒后大家又抽烟，学着严爷爷从鼻孔里往外喷白烟。老师如果知道了就坏了，不过他不会知道。

玩过了歇过了就干活，我们又挑起了水。这一会儿大家的干劲比原来更大了。本来嘛，我们都吃过了河里的东西！女同学在花生田里等呀等呀，她们说我们大概掉到河里去了，我们说那你们为啥不去搭救我们？心真狠！

她们不愧是优秀同学，这么一会儿就种下了一大片花生。她们的身边插着我们学校的红旗，被风一吹哗啦啦响。这是我们永远不倒的五七道路的红旗！她们的脸庞被旗帜映红了，更加美丽了！

那时我们觉得十里路可算太远了，弯弯曲曲，不知要穿过多少树丛。槐花一串串打我们的脸，我们高兴了就揪一串填到嘴里。野兔子飞跑，一眨眼看不见了。野鸡在林子深处啼叫，它们叫的声音使人着急。我一听野鸡叫就出汗。

戴眼镜的江主任领女同学做活，他身体弱不能担水，大家曾劝他不要来农场了，他说："不，我一定要去，一定去！"大家明白他的心情，没有劝阻。

他太瘦了，脸皮有些黄，头发白了不少，一身学生蓝衣服半旧了，洗得发白。他弯腰干一会儿就得歇息，汗水从额上不停地滴下来。女同学说："江主任，您是病了吧？"江主任笑笑，用指头指指脑袋说："嗯，这里边。"

没有人笑。大家都知道那个故事。

前年江主任突然抓教学质量来了劲儿，一次接一次安排考试。学校停电，他让人买了二十多盏汽灯，一个教室挂了两盏。同学们白天晚上啃书本了，眼熬红了，人累瘦了，嘴上暴了白皮。有的同学暗地里给江主任起了个外号，叫"大汽灯"。

忙于提高教学质量，校办农场就没人管了。农场上只剩下严爷爷看门，老人家急得要命！他一个人不声不响地拔荒草、浇水除虫，快累死了。有一天他让一个打猎的人捎信给学校领导，说赶空儿让他来一趟，这里有事儿要说。

江主任忙得团团转，一时抽不出时间。

严爷爷等急了，就背着枪去了学校，同学们一下子围住了老人。老人抱着枪坐在地上，只吸烟，不说话。一会儿，有个老师报告江主任了，说还不快去看看老人。江主任满手是粉笔灰，拍打一下从教室出来，说："哎呀，是老爷爷，快进屋喝水呀！"严爷爷说："没有工夫！"江主任说："喝口水还没有工夫呀？"严爷爷说："没有工夫！"

老人家说完背上枪就走，江主任喊他也不应声。江主任觉得奇怪，就跟上他走了。他一直把江主任领到了海滩农场。

农场怎么了？农场上满是一尺多高的荒草了！有些不知名的藤葛爬在花生棵里，又爬上了野树苗。老爷爷不吱声，只是吸烟。江主任也不吱声。他们都看着农场。停了一会儿，江主任说："想不到我们的学农基地成了这样子！"老人一愣，说："你刚才说什么？说这是你们的基地？不对吧？我看咱是走错了地方！"

江主任说没有错，老人说肯定错了！老人说："咱的农场咱还能不爱惜？不对！这肯定是美帝国主义的农场！让它废了荒了才好，革命人民反正不心疼！"

江主任听了再不说话。

严爷爷哑着烟锅说："你们可好！在小屋里抽烟喝茶，把我一个老头子撇在这儿遭罚。我一个人做得了这么多活计？成心要累死我哩！看看吧，好生生的花生棵，如今都成了什么！你们好狠的心，你们不吃粮食吗？吃不吃？嗯？"

江主任答："吃。"

"吃，吃什么？吃草？草是大丰收了！嘿嘿，才几年的工夫，那会儿不是说要开门办学吗？怎么开了几天又关上了？天这么热，关着门不燥吗？"

江主任擦着汗，说："学习任务很紧，这一段决心把教学质量搞上去，想不到……您是贫下中农，多提意见吧！"

严爷爷说："不是前几年了。这几年俺的话不值钱了！"

"哪能哪能。我们要好好研究……"

严爷爷指指看泊的小草屋说："俺打下了肥兔等你，还备了一瓶好酒，想跟你拉拉知心呱儿，喝盅。你呢？请不来了！前些年学校里批资产阶级教育路线，你跑俺这儿，被上有虮子也不怕。几年的工夫，你忘本了，不挂记俺了。"

江主任流出了泪水。他擦眼睛，轻轻晃着脑袋。

老人说："糟蹋了一地好花生事小，别糟蹋了一屋子好孩儿。小孩儿家，天天关着，怎么行？不生病才怪！大晴天儿，让他们出来跑跑，捎带着种种地，学学本领，哪点儿不好？花生花生，花花着生，他们久后干什么的都有，也不能全长成书呆子呀！"

江主任一拍脑瓜，"对！您的话太对了！"

他说完反身就走，严爷爷喊他也不停步子。他一口气回到学校，召集大会，把严爷爷的话讲了，又领师生到农场看了高高的荒草和长长的野藤。他说："脑子里荒了，地才荒！不努力学习不行啊！"

就这样，我们的农场又发达起来了！

……这时候，不知是谁喊了一句。我一回头，见是严爷爷来了！他担着一桶水，摇摇晃晃地奔过来，放下担子，连连吆喝着：

"歇歇吧，歇歇吧！"

江主任停了手。女同学们站起来，伸着懒腰。大家都坐到树荫下来，嗅着花香，听着小鸟叫唤。严爷爷笑眯眯地问男同学："累不累？"大家一齐答："不累！"老人又笑了，转脸对江主任说：

"我们在那边吃了鱼鳖，浑身是劲！等一会儿咱们换换工，让女同学也吃去！"

同学们都笑了。江主任说："女同学们挑得动水吗？"

女同学都说："挑得动！挑得动！"

严爷爷说："先挑小半桶，肩膀硬了，再挑满桶。慢慢练！"

大家一齐鼓掌。哗哗的掌声里江主任高兴极了。有人起个头儿，大家唱起歌来。歌声伴着猎猎旗声，响彻在无垠的大海滩上。

烧花生

我们学校在荒原上垦出一大片土地，因为它藏在丛林里，所以只有我们这些垦荒人才知道我们的宝贝土地藏在什么地方。

新垦地不施肥就可以种上两茬好花生。这些花生是我们学校自己的财富。

那些垦荒的日子快活极了。我们走出校园，走进荒地，兴奋得很。大家扛着锄头和铁锹，就像去一个陌生的国度里进行征讨一样。那时候可真有气势。

同学当中有专门负责宣传鼓动的人。他们把高音喇叭绑到树梢上，在树隙里支起扩音器。有人在劳动间隙采写稿子，及时表扬在垦荒中表现突出的人。

她是脱产记者，到各个垦荒点采访，同时又兼做广播员。她来得最勤的当然是我们这个垦荒点。她像一个真正的记者那样，手拿一个笔记本，看着我干活，不时地写上儿笔。有时候她还问几句。我回答得很认真。

我要刨掉一棵小槐树。槐树根很韧。我找准了几个关键的筋脉，几锄头下去，槐树就给除掉了。她把这一切都飞快记在小本子上。

我从她身边走过的时候瞥了一眼，见她的小本子上画了一个漂亮小伙子。我装作没看见，又去干活了。她走了。

一会儿，扩音器里就响起她的声音。那是多么甜美的声音。她把我很好地描绘了一下：

"在那智慧的额头下，有一双坚定的眼睛……"

我觉得，我的目光一生都会坚定呢。

第一次种上的花生长得非常好。它不用我们浇水，也不用我们施肥。平原上旷无一人，花生棵很少丢失。总之这是一片非常省心的庄稼。我们在远远的校园里学习，它们就躲在这片丛林深处生长。我们只要等到秋天收获就是了。

最有意思的还是收获的季节。我们拔掉花生，摊在沙土上让太阳烤干；烤干之后，摘下花生果再拉到学校。整个晒花生的日子里都不敢大意。学校领导把我们分成几个小组，夜间住到海滩上看护花生。这才是我们真正节日。由于夜间我们有这个工作，白天就可以不上课。那时候整个大海滩任人驰骋。

我和一个叫老安的同学，还有另外几个人，分成一个执勤小组。老安做了一支手枪，像真枪一样沉，要两只手才端得起。木头把上的粗大枪管据说是从一台小手炮上拆下来的，所以显得特别笨重。我敢说这支枪是最厉害的。老安把枪挂在屁股右侧，枪套是用老羊皮缝起来的，羊毛朝里。这样他的枪拔来拔去，就给磨得发亮。老安有枪，自然就成了我们几个人的头儿。

我们在花生地中央搭了一个高高的草铺，要抓着木梯才能爬到草铺上。我们把老安的手枪放在草铺角落，一旦发生情况，拾起枪就可以扣响扳机。那是一种焦虑、神奇和愉快的等待。我们都知道如果真的来了盗贼也不会朝他开枪，而顶多向天空打。我们也不知道在期待什么。有一次老安说：

"我们去打猎吧。"

我知道他急于让自己的武器派上用场。我们跟着他到树林里去，把真正的任务抛到了一边。

夜晚的林子磕磕绊绊，稍不小心就会跌倒，手脚和脸就会被荆棘刺破。我们都小心翼翼。前边不断有响动，我们也搞不清是什么野物弄出来的。由于方向不明，也就不能放枪。大家手心里都出汗了。

老安为了应付紧急情况，总是把枪提在手里，手指就扣在扳机上。我一直记得这支枪结构之怪异：上面没有枪栓，没有撞针；在枪的后尾那儿，有一个鸡嗉一样的东西。老安指点着它对我说：

"最厉害的就是这里，你看到这个东西了吧？一抠扳机，这'鸡嗉'就往前叨一下，枪就响了。所以嘛，"他拍拍枪，"这枪就叫'鸡叨米'。"

我们几个笑起来。

大家发现，老安这些天已经捆上了腰带，还戴了一个旧军帽。那军帽的帽檐怎么也不能平整，它往上翻着，使老安本来就很大的脸显得奇大无比。老安长了一对杏眼，小而妩媚。他的脸总像被火烤过一样，呈现出一种肉红色。他的脸比较平坦，鼻子不挺，看上去很壮观。我们觉得老安不算好看，但是敦厚有余。我们都很信任他。有熟悉老安的同学告诉我们：他诞生在一个铁匠家里，全家人都喜欢摆弄铁器。说起来没人相信，这支"鸡叨米"就是老安十五岁上亲手做的，并且还用它打死了自家的一头猪。老安尽管没有捕杀到真正的猎物，但毕竟也在他手上损失了一个牲畜。我们觉得老安身上的血腥味多少令人崇敬。

这样的打猎夜晚我们不知经过了多少次。当我们从林子里两手空空回到我们的土地上时，发现花生棵并没有少。这也在预料之中，因为我们都知道没有谁会摸到这儿来盗窃花生。在人迹罕见的荒原上，如果真来一个盗贼，他也只能成为我们的朋友。我们会跟他一起欢度一个夜晚呢。我们准备了一支四节手电筒，它在我们眼里不亚于一个伟大的探照灯。我们把光柱射向天空，寻找最亮的星星和它对光。我们把它射向大海，相信它能够穿越邈远，让大海深处的轮船看到。我们每一次从林子里回来，都要在高高的草铺上喊一声："探照灯。"然后让光柱在土地上一寸寸均匀地扫过。

有一次我们听见了"沙啦沙啦"的声音，手电照过去，发现了一只团绒绒的白色动物。它在光柱下愣着一动不动，嘴里还含着半棵花生。我们没有一个人想到"鸡叨米"。因为这个动物谁也不认得。它太漂亮了，毛色那么光洁，眼睛那么明亮。它的眼睛是蔚蓝色的，有着一层湿润的光泽。如果逮到它，大家都会争着豢养。它就这样和我们对视着，一会儿扭过头，跑向了林子。

这个夜晚我们高兴得很。好像它给我们带来了崭新的吉祥。我们跳下铺子，奔跑，在花生棵上翻跟头。老安的"鸡叨米"就放在铺子上。我们拢了一堆火，把半干的花生棵拢在上面烧，一会儿香喷喷的味道就直顶人的鼻子了。

不知是老安还是谁，发明了一个烧花生的办法：在火焰半熄的那一刻，赶紧把四周的沙土埋上去，这样烟火就全部熄掉了。老安瓮声瓮气地说："焖一焖，焖一焖。"我们把沙土包住炭火，并且拍实，拍得特别光洁。停了十多分钟，我们就从一边扒开，随着扒随着把烧熟的花生拣出来。我们每个人都吃得很饱。

烧花生几乎成了我们每夜固定的节目。

有一天，我们点起的火焰终于引来了一个身背胶囊的渔民。他本来是走另一条路到海上去打鱼的，远远望见火光就趑过来。他和我们一块儿吃花生。他背囊里有酒，也就一边吃花生一边喝几口酒。

他走之后，有人提议我们派一个代表，用花生到远处的渔铺换一些鱼来。第二夜，由老安和我带着"鸡叨米"和一大包花生往远处摸索过去。走了大约五六里路才看见点点灯火，那就是渔铺了。到了那儿，我们想找到那个熟悉的渔民，可是哪里找得见。有一个戴着眼镜的老头在拨拉算盘，旁边就是成堆成岭的鱼虾。老安不好意思地看着他，不知怎么拍了拍屁股上的枪。老头这才发现了我们，瞥一眼枪，失声叫道：

"你们干什么？"

"你看，"我举起一包花生，"我们想用花生换两条鱼回去。"

老会计松一口气。他抓过花生四下看看，说："挑两条大的吧。"

我和老安每人提了两条大鲅鱼，扭头就跑。

那个夜晚，我们在烧花生的同时还烤好了几条鱼。鱼儿冒着油，黄色的汁水和鲜味一齐往外扑。

学校的头儿偶尔也来看看。他是退役军人，三十来岁，长得好看，脸刮得十分光滑。他的那一对眉毛又细又长，像女人的眉毛。他来到花生地，先沿着土地四周走一圈，背着手弯腰看一看，连沙土上一个野兽的蹄印也不放过。他指点着那些痕迹：

"看见了吧？这是狼。海滩上有狼。"

我们都不信这里有狼，说这里有狐狸，但是没听说有狼。我们害怕他注意那一处处灰烬。可他还是在一处黑灰前蹲下了：

"晚上拢堆火，狼就不敢来了。"

我说："顺便再烧点花生吃。半夜里饿呢。"

头儿一个一个看过了我们的脸，"怎么不行？自己动手，丰衣足食嘛。"

他说着抓起一堆干草，从衣兜里掏出一个很漂亮的打火机，"叭"一下点着了。他抓着花生棵往火上放。我们围拢过去。大家吃着烤花生。每个人的嘴都是黑的。头儿干净的小脸上也抹了黑灰，我们就觉得他更加亲近了。他感兴趣的当然是老安，把他的"鸡叨米"拿到手里。我们问他敢不敢放枪？

他说："中国人民解放军不敢放枪吗？"

我们让他打一只野物看看。

他说："那好，你们跟上我走吧。"

我们就跟他到林子里去了。

这一次他给我们打了一只兔子。我第一次听到老安的枪这么响。它的声音很闷，火舌喷出来是紫色的。原来枪筒里没有霰弹，装的只是一些粗沙粒。我们在给兔子剥皮的时候，发现穿进兔肉的都是一些粗沙粒。

头儿笑着说："你这枪打不远的。"

他比划着枪筒告诉我们该放多少火药才安全。他说如果放多了，炸了膛，那也就完了。

"能给我们讲个打仗的故事吗？"我们当中有人这样要求。

头儿抿着黑乎乎的嘴唇，"我们这样的年纪赶不上打仗，不过，"他眨眨眼，"不过我们抓过一个女特务。"

大家立刻兴奋起来，一动不动盯着他。

"那时候我在连部，晚上也像你们一样要执勤。我和我的副手走到马圈那儿，看到一个黑影闪了一下，就赶紧跟过去。我们贴着墙往前挪动。马圈里射出一线灯光，一点声音也没有。我们就贴着墙壁站着。那个影子只要一活动就会通过那线光亮，那时候也就看得清了。停了一会儿那黑影真的闪在光亮里了，我们都给吓了一跳。因为她是个女人。我对副手小声咕哝一句：'逮到她！你从后边，从马圈的后窗那儿堵住。'他按我的命令跑开了。我小心地往前。我看到那个女人拐到里面去了。我想如果没有弄错的话，那么她一定是要往马料里投毒的。因为不久前我们刚听首长讲过，以前就有人在战马身上打主意，使队伍吃了败仗。我一点一点挪到那线光亮里，又赶紧闪到黑影中。我从门缝里望着。我看到在一个大青骡子旁边，那个女人俯在马槽里抠着什么。我要一个箭步扑上去把她逮到，事情也就结了。可我有些好奇，非要看清她在干什么不可。"

"那时你带枪了吧？"老安问。

他点点头，"我的手正扣在扳机上呢。我探着头，终于看清，她抠着草料里面的豆子，摸索着往嘴里填呢。我愣住了。但我还认为她是女特务，不过饿急了眼而已。我掏出枪来，吆喝一声。谁想她机灵得很。你想她们都是训练过的，这时一下跳进马槽里，又攀着槽沿滚动一下，爬到青骡子的肚腹下面。我还没弄清是怎么回事，她就跳上后窗跑了。我想也好，那里正支着一架网呢。窗外传来尖尖一喊，副手把她逮住了。我也跳出窗外。我的副手正反扭着她的胳膊。我们把她押到连部，连夜审讯。女人有十七八岁，长得好看。一张口就是外地口音，这更让我们起了疑心。可她什么也说不清，还挤眉弄眼的。于是我们就把她简单地绑了绑，由我的副手和另一个战士押着交给上级去了。"

"后来呢？"

"后来？后来我们就换防了。到底是什么东西我也搞不清。不过我临走的时候受到了首长的表扬。"

　　大家呼呼喘气。本来期望更有意思的事在后面呢。大家都有点不满足，就叭啦叭啦剥着花生壳吃起来。

　　头儿走了，我们有点遗憾，觉得这儿的看护工作未免有点太平淡无奇了。这个夜晚我们互相讲着鬼怪故事，填补着什么。

　　这些故事几乎无一例外都是发生在身边的丛林里。大家把不知从哪里听来的故事移植到这片黑压压的无边无际的原野上了。于是我们就被巨大的恐惧包围了。实在寂寞得很，就往空中打了一枪。那沉闷的响声震动了四野。一群鸟雀被惊得四下逃窜。也就在这天夜晚，我们听到了一阵泣哭。老安和几个同学都紧靠在一块儿。不知是寒冷还是害怕，大家的身子竟然抖动起来。最后我提议带上手电筒，带上"鸡叨米"，迎着哭声下去看看。

　　越往前走，哭泣的声音越遥远。我们停住脚步，那声音却在原来的地方。好像是女人的声音，尖尖细细，十分伤心。她哭的什么我们也听不清。我们只觉得她一边哭一边数叨着。

　　那个夜晚我们谁也没有睡着，篝火几乎燃了一夜。

　　第二天是星期天。接近中午的时候，那个广播员同学来了。

　　大家都高兴得不得了，用烧花生招待她，还到远处的渔铺里提来几条鱼。她说来看看我们。老安总用眼瞟她，使我不快。傍黑的时候她要走了，大家极力挽留。老安还说："你就当我们的女特务吧。"她一愣，我们都笑了。老安掏出"鸡叨米"在她身边站着。我把他推开。

　　她无论如何要离开，我就去送她。我跟老安借"鸡叨米"，他迟疑了一会儿，交给了我。

　　我陪着她穿越了大片草地，一点也不害怕。我一路都听见她轻轻呼吸着。我很想对她讲点什么，可是脑子里一片空白。后来她问：

　　"你们在这儿过得有意思吧？"

"开始有意思，后来就没有了。"

她不断地回头张望，好像真的舍不得离开我们。

我回来的时候，老安他们已经睡着了。我把他们捅起来：

"这时真有人偷花生你们也发现不了！"

老安说："得了吧，你把枪带走，我们有什么办法。"

他说着一把夺过枪去，往屁股上的羊皮套子里猛地一插，"轰咚"一声，枪走火了。所有的人都从草铺上跳起来。有一个还爬到了木梯上，又咕噜噜滚下来。

我们都蒙了。

老安发出了"哎哟哎哟"的声音。我打开手电一看，天哪，老安的半个裤管都打飞了，屁股右下方还流出了鲜血。幸亏沙子是垂直射下去的，没有打很深，只是豁开了几道口子；严重的是火药的烧伤：好大的一片皮肤都被烧得乌黑翻卷。大家吓得气也不敢出，只听着老安"哎哟哎哟"哭叫。

老安身边一块草地也被打着了，这时火苗烧着了老安破碎的裤角，我赶紧把它踩灭了。

老安疼得在床上滚动，直滚了半夜才安稳下来。我们几个同学商量着要把他抬回学校去，老安死也不肯。他让我们把他的下身衣服脱下来，给他翻转着身子。他说停几天就会结疤的。我们照他说的办了。但脱下他的衣服我才发现，老安这个家伙也许会顶得住的：我们以前怎么就没有发现呢？他长了什么皮肤啊，又黑又糙，结实极了，简直像牛皮。

第二天那个老渔民来了。他见了老安的腿伤就说："这是烫伤，得赶紧上点獾油。"

我们慌了。后来那个渔民找来了一小碗獾油，我们给老安擦上了。

老安再也不能下草铺了，一天到晚躺在上面，寂寞了就自己哼呀一声。我们从渔铺那儿讨来鱼，烤熟了给他吃，不断送花生到渔铺去。大约隔了一个多星期，老安的腿才结住了疤。他一拐一拐跟我们走回学校，一挨近校门口立刻装作若无其事的样子。

这一年我们学校收获了整整十大车花生。巨大的收获使每个人都兴奋起来。学校把花生卖掉，赚了一大笔钱。我们每个同学还分得了满满一篮花生。

第二年冬天，校头决定开垦更大的土地。于是我们的大队人马又开到荒滩上了。这一回我们使用了更简便的方法：放火烧荒。北风吹着火焰，一会儿就漫延开去。大火一直烧了一天。我生来第一次见到这么大的火焰，一颗心扑扑跳着。我亲眼见到那么多的野物惊慌逃窜。老安忘了带他的"鸡叨米"了，不然真可以乘机打到一个猎物。

大家都被冲腾的火焰惊呆了。晒了一个冬天的茅草焦干焦干；个别地方残留的雪迹也化为轻烟。不知为什么，这片荒原让人有点心疼了。我几乎听到了无处不在的呻吟。远处渔铺的人以为发生了什么大事，迎着烟火蜂拥过来。

这无边的烟火啊。

我想：大海就在前面，要想扑灭这一片火海，大概只有大海才能帮上忙了。

山药架

怎么种山药？大概没有几个人会知道。有人以为种山药嘛，就是把种子播到地里，然后就能生出那种圆圆的、长长的块茎了。实际上根本不是。

我熟悉它的全过程：先要在地里挖一条二尺多宽、五六尺深的沟，然后用掺了松土的杂肥把沟填平。山药就种在这条沟里，它日后会一点点长大，沟多深，块茎就能扎下多深。

山药不是用种子播下的，而是把收获的山药最上一截——像刺猬长鼻子模样的那一段扳下来，放在地窖里藏好，只待来年春天栽到地上。

父亲每年都要种山药。他的山药长得好极了，我从来没有见到比父亲种的山药更粗更长、更漂亮更好吃的了。

那时候我们家在离大海不远的一片荒原上，四周是树林，是一片片看不到边的茅草和灌木。我们家就在大片的树林中间。

不知为什么，我们没有住在林子外边的村庄里，而是独自定居在林中。原来我们一家是从远处的小城搬到这儿的，当地人给了我们家

很小一块沙地。

我们就靠这块沙地上长出的东西填饱肚子。

父亲为了让这块洁白的沙地能长出东西，就从河里挖来黏黏的淤泥掺进沙子里。他多么爱这片土地，它不大，可是却费去了他无数的心血。他像绣花一样，蹲在地上一针一针刺绣着，终于把它弄得漂亮极了。

父亲母亲一有空闲就站在门前看这片美丽的土地。它好像缺点什么。有一天父亲说："该给它扎一道篱笆。哦，有了，我弄弄看。"

不久父亲就搭起了山药架：它搭在这片土地的四周，这样就给它镶了一道绿色的栅栏。我们可以在栅栏里任意种植，种粮食，种我们需要的其他作物。

到了收山药的时候，父亲就拿出一把长长的木铲。这里必须仔细说一下这把木铲了——它是用很硬的橡木做成的，大约有十五公分宽，二尺多长。它像一把长刀，又像一把宝剑。父亲将它打磨得光滑无比。看得出，父亲多么喜欢他的这件武器。他用它轻轻剖开土沟，小心地剥掉山药根茎四周的泥土，把它们一根一根分离出来，嘴里发出"嗯嗯"声——那是安慰掘出来的山药。他的脸上一直是笑吟吟的，做得特别用心，所有山药的皮都不曾碰破一点。

直到现在，我只要一想起山药，就要想到父亲那把特别的大木铲。

做活时，母亲和我就跟在父亲后边看着，好像他能从深深的土里挖出其他宝贝一样。

山药架在秋天里长得绿油油的，阳光在黑色的叶子上闪亮。叶片上慢慢会生出一些圆圆的褐色颗粒，有人从架子旁边走过，会顺手取一粒填到嘴里，嚼一嚼咽下去，说："真甜。"这就是山药豆。

我和林子外边来的几个小伙伴喜欢在山药架里爬来爬去，等于是钻进了一条绿色的地道。这是不能被父亲看到的。我们如果不小心把山药蔓子挣断，把刚刚生成的山药豆碰掉，就会惹父亲生气。但他那会儿只是木着脸不吭一声，并不对我们发脾气。

母亲说父亲的脾气以前大极了，现在变好了而已。他四十多岁才来到这片荒原上，刚来的时候脾气大得吓人。母亲说父亲是荒原上最有脾气和力气的人，简直什么都不怕。

但随着时间的延续，他的脾气和力气都一点点变小了。母亲说，这个地方很怪，什么人来到这里都要服气——不服也得服——他心气再高，也将很快被这荒原、被这无边的土地给销蚀掉了。

那座遥远的城市留在了父亲的记忆里。父亲从此只属于这片丛林和草地。他把妻子儿女都带到这片草地上了，并且一辈一辈都要扎根在这里了。我不知道自己有幸还是不幸，反正我成了荒原之子。

我会牢记我们那块小小的土地，牢记围在四周的山药架，当然还有荒原上的一切。

夜晚，父亲还没有回来。林子外边的村子时不时地将他喊走。他们粗暴极了，有时就像对待一个动物一样，只差没有用绳子捆上他了。母亲牵着我的手走出来。我们坐在山药架旁，望着星星。那是秋天，露水很凉，四周一片黢黑，天空星星闪亮。丛林中，野物的叫声微弱而又神秘。我知道在荒原的另一边，有大大小小的村落——我们为什么不能住到那些村落里，却又要受他们的役使？这是我永远也搞不明白的。母亲说：

"说来话长。我们只配住在荒原上。"

"我们为什么不能住在城里？"

"我们也不配住在城里。"

我忍着，最后还是大胆问了一句："我们是罪人吗？"

母亲没有回答。

我心里清楚，父亲是一个非常倔强的人。我觉得这世上再也没有比他更倔强的人了。我从来没有发现他那样的人：倔强，但是却要尽可能地对所有人和颜悦色。母亲说：

"他过去可不是这样。"

母亲说他把粗暴深深地藏起来了。她正为这个担心：粗暴在心里会闷成一种严重的病。我和母亲倒真想让父亲粗暴起来，哪怕对我们——可他差不多总是笑着……

父亲不在的时候，我和母亲寂寞极了。我们不知干些什么才好。父亲被喊走的时间越来越多了，为了不使这片地荒芜，我和母亲就蹲在那儿忙着。我们手中做下的活儿比父亲差上百倍。他有一双人人称奇的手：开出了这片土地，植下了树木。屋子西边栽了一棵桃树，北边栽了杏树和一排榆树。这就是我们荒原的家，这儿真好。

这里有好多故事，有的故事属于全家的，有的故事只是我的，是我的梦。那时候我常常做梦，而且永远不会把梦境告诉别人。我曾经梦见和一个小姑娘一块儿种山药：我们种出的山药是银色的，又长又亮，闪着光芒。我们种了那么多，堆积起来比我们家的房子还高。我们用山药盖了一座小屋，我和她待在里面。我们每天都吃山药，藏着不出来，把父亲和母亲急坏了。

我清清楚楚记得那个姑娘的样子：个子高高的，脸色有点发黄，一双很大的眼睛，穿着半新的衣服，头发很长。她的眼窝有点深。我在梦中吻了她，幸福得哭了。

我到现在也不知道，第一次遇到她为什么是一场梦境，而且有趣的是和山药连在一起。

更奇怪的是后来，就是那场美梦之后的一天早晨，我从地边经过，觉得山药架好像被一阵风给推动了，剧烈地摇晃着。我觉得奇怪，就趴下身子望着——山药架深处真的藏了一位姑娘！她真的像梦中人的样子，脸色有些黄，有些瘦，高高的个子，大眼睛，眼窝有点深，头发很长……我的心怦怦跳。

她在里面喊："不要看我！不要看我！"

我站起来。一会儿她从架子里钻出来，头上粘了好多山药叶。我没问她什么。我想她一定是到架子里找山药豆吃了。我说：

"我知道你是哪里的。"

"你不知道。"

"你肯定是不远处那个村子里的。"

她笑着摇头，告诉我是北边不远处一个小学校的。她的年龄可能比我大一点。我再也没有忘记她。

她走了以后我才有些后悔：不知道那个小学校在哪里。我该去找她玩啊。后来我常在丛林间游荡着，只想找到那所学校。

有一天晚上我又梦见了她：她在一片云彩一样的山药架中间站着，向我微笑，身后是青色瓦顶的一排小房子，那就是她的小学校了。

醒来格外惆怅。

有一天父亲担了一担山药，让我和他一块儿。他说要送给一个食堂。父亲担着山药走在前边，我一直跟着。我们大约穿过了十几里林地，就听到了一阵钟声。父亲说："快到了。"

前边是一片橡树，一片柳树。穿过柳林看到了一排排杨树、合欢树和一些叫不上名字的树。青色屋顶的小房子真的出现了，和梦中的一模一样。我的心跳加快了。

父亲一个人找那个食堂去了。我看到一群群学生在跑动，眼睛在他们中间急急寻找。这样找了很久，直到一个钟头过去。食堂师傅用围裙揩着手送父亲出来。父亲像鞠躬又像哈腰，向他告别。父亲转脸找我。我故意躲开。

就在我失望的时候，她出现了。她是从最角落的那个房子走出来的。

我挨近了她，说："是你……"

她怔住了，盯着我。我离她更近地站着。她好像不认识我。

我说："山药架……"

她两道眉毛一动，笑了。

这时候父亲发现了我，喊了一声。我只好离开了。

秋天啊，每个秋天都是我们的节日。黄昏的光色里，我又看到父亲擦拭那个橡木铲了，嘴里叼着烟斗。

母亲微笑着看父亲。

父亲跪在松泥上，踌躇一下，把木铲掘下去。一支山药由于父亲的孟浪被拦腰劈断。父亲捧住白生生的山药，害怕地看一眼母亲。

我盼着收获之后，跟上父亲再去那个学校。

可惜刚刚收获了一半，父亲又被村里人叫走了。来人声色俱厉，口气生硬，不容商量。他被押到丛林的另一边，到很远很远的地方去。像过去一样，许多天都没有一点消息。回家时，他的肩头带着擦伤，一看就知道做过沉重的劳动。有一次，我还看到他后背有伤，像是鞭痕。

我尖叫一声，他转过脸，用温和的目光制止我。

他终于再次担上山药去那个小学校了。我跟上他，步子沉极了。在那里，我再也没有看到那个脸色黄黄的姑娘。

入冬后，我们要准备春天的事情。父亲让我和母亲跟他干活：小心地把山药的尖顶扳下来，装满一个筐子，然后藏到又黑又深的地窖里。他走在深处，举着蜡烛嚷一句：

"多么潮湿，多么黑……"

这些山药的尖芽只有藏在地窖里，才能躲过最寒冷的海边的冬天。

我跟父亲走在里边，像探险似的。这里多么有趣和神秘。无论多么冷的天气，地窖里都温暖如春。父亲手中的蜡烛不停地闪跳……

父亲有一次在地窖里抽烟，讲了一个陷阱的故事。他说，他本来在那个城市里生活得好好的，可是遇到了母亲——她住在另一座城市里，那是一座海滨小城。后来他们就在小城里定居了。他说：

"谁知道这是一个陷阱呢。"

"什么是陷阱？"我问父亲。

"那座小城，还有……"

我后来问母亲陷阱的事，她哭了。她一句话也没有说。

我永远都忘不了"陷阱"两个字。父亲明确说出的一个"陷阱"是小城，那么另一个呢？爱情吗？我吓了一跳。不过我似乎明白，父亲爱母亲才来到了这座海滨小城——人为了爱情可以舍弃所有，哪怕真的有那样一个"陷阱"，也会直接走过去的。

那个青色屋顶的小学校一直吸引着我。我有一次偷偷跑进了丛林，想去找它。可是我迷路了，整整转了多半天才回到家里——父亲和母亲吓坏了，一次次叮嘱我：再也不要一个人到林子深处！

这天夜里我做了一个吓人的梦：跑啊跑啊，一直迎着那片青色屋顶跑去……好不容易到了跟前，可横在眼前的是一片废墟！到处断墙残壁，蜥蜴在瓦砾间奔走。太阳快要落山了，废墟在霞光里发出阴暗的颜色。土坯和砖瓦的碎块像被火焰烤红了一样，摸一下滚烫滚烫。

我盯着眼前的一切，久久不忍离去。我在等待她的出现，她一定会再次从这儿走出来。

我不知等了多久，一点影子都没有。

我只好离开。但我没有回家，只在丛林里不停地奔走。我似乎觉得，她就在前方某个无法测知的地方等我，我只要寻找，就会找到。

走啊走啊，从黑夜走到黎明，然后又是一个黄昏……我终于看到了她，她原来一直站在那儿。我毫不犹豫地上前，牵上她的手说："走吧，山药架下的姑娘！"

她惊讶地看着我，像看一个陌生人。她咕哝着："你还记得啊，你还没有忘记……"

我怎么会忘记呢？

小河日夜唱

　　小河两岸的高粱红了，学校放了秋假。爷爷是护秋员，我跟他住到了芦青河边。

　　小河边，两棵大野椿树像两柄巨伞一样，巨伞下面就是我和爷爷的小茅屋。每天每天，河湾里一群群飞来了野鸟，有的红红的嘴唇，有的蓝蓝的翅膀，还有的全身都是雪白雪白的。它们总是先飞到两棵大野椿树上，唧唧嘎嘎叫一番，像是试试茅屋里有没有人。如果我们不出来把它们撵走，它们就会一头钻进高粱地里，不吃圆肚子不出来。

　　爷爷有一支猎枪，长长的筒子，黑红的枪托，每逢野鸟闯进了高粱地里，他就毫不客气地开枪了。那枪声震得田野和小河一齐回响，野鸟自然也吓跑了。

　　月亮升起来的时候，淘气的野鸟才飞回窝巢。我和爷爷躺在小茅屋里，虽然奔忙了一天，但总不能马上入睡。屋子外边，那各种叫不上名字的小虫在喧闹着；河水在连夜赶路，清晰地传来"哗哗，哗哗……"的声音。我说："爷爷你听，河水今夜流得多急！"爷爷笑了两声说："那是小河在唱歌。"

"小河还会唱歌?"我惊奇地坐起来问。

"是呀,"爷爷也坐了起来,他手捋着白胡子,低沉着嗓子说:"小河不光会唱歌,还会哭泣呢!每当有了灾年,村里要遭事了,连小河也跟着发愁,每天每天,你听它的声音吧!'呜噜、呜噜……'不是哭泣是什么!

"如果有了喜事,比如谁家娶媳妇啊,盖大屋啊,出远门的回来了啊,小河也跟着高兴,它唱着,日夜不停地唱。每逢有了大喜事,它就唱得格外响亮、格外好听!"

"哗哗、哗哗……"我屏住呼吸听着小河歌唱,转脸对爷爷说:"今夜小河唱得有多好听啊!"

"嗬嗬……"爷爷笑得眯了眼,笑得抖动了胡子。他快慰地说:"明天,一准又有大喜事!"

第二天早上,我就是被两只喜鹊吵醒的。我起来一看,红云把窗户都给染红了,赶紧爬起来往外走。爷爷怀里抱着那支猎枪坐在野椿树下,眼前已磕了一堆烟灰,他头顶的树丫上,正有两只跃动的喜鹊。我看着喜鹊,蓦然又想起了爷爷昨晚上说的,忙向小河跑去。

小河里,流急的地方卷着浪花,那浪花翻滚不息,就发出了"哗哗"的声音。我正看着小河怎样歌唱,小河果真唱了起来。

……
八月天哟高粱红,
河里的鱼儿扑棱棱;
一道彩虹飞起来,
十个太阳笑盈盈……

我高兴地听着，忽然小河的木桥上走来一个姑娘，她身背行李，边走边唱，早晨的风撩动着她的衣边；那美丽的霞光一道道透过岸上的高粱，把她的脸给抹得通红通红……我端详着，越来越觉得面熟，啊，这不是姐姐吗？可她，啥时候跑到了小河边……我正踌躇着，她却喊起了我的名字！原来正是姐姐！

姐姐是十年前毕业的大学生，如今在市水利局工作。我看姐姐背着行李什么的，就问她："你探家怎么还带着行李？"

姐姐笑笑说："这可不是探家，小水牛，这次是回来听小河唱歌的！"

这么说姐姐要在家住好多天了！我高兴地蹦了起来。"怪不得小河唱得格外响，爷爷说今天要有大喜事了！"

……

整整一天，我和爷爷都是在极度欢乐中度过的。爷爷告诉我：姐姐是和水利局的同志一起来的，要和我们一起，在小河上建水电站了！……晚上，他乐呵呵地打开了姐姐送给他的一个包裹，打开一看，原来是一张图，这上面，就画着我们的小河，画得像极了，只不过小河的当腰又多了一样东西，看上去像给小河扎了一条腰带——爷爷说水电站就要建在这儿。他凑着油灯看了起来，粗糙的手指在小河上点点画画，那姿势让我想起了以前的一件事——

那是一天晚上，姐姐从市里捎来了信，信上说了他们局里的一些事。爷爷在油灯下一句句看着，越看，他的胡子颤抖得越厉害，最后生气地把信往炕上一扔。

妈妈举起信说："爹，孩子们干什么还不是一样，你不要生气了……"

没等妈妈说完，爷爷一拍膝盖站了起来，粗粗的嗓门说："还不要生气？我怎么能不生气！读了大学，学的水利，回来设计了这么多工程，就是没给自己家的小河打打主意！我老头子看不到这一天了——我养了个不争气的孙女……"爷爷说完，转身就要去支书家——每逢他肚里话多起来，总要找那个老头儿一块儿说说。妈妈喊他吃饭，他头也不回地走了……

第二天，爷爷起早去了市里，先找了他的老熟人——市委书记，又跟姐姐的局长打了一架，回来时气还没消，嘴里咕哝着："算什么局长？不就是管住那几个秀才？秀才该是俺们自己的，我早看他不是好东西！"……

爷爷白去了一趟。姐姐原来早有个在家乡小河上建水电站的计划，并且为此搞了很多调查研究。可恨的就是局长不批准！很多专家都支持姐姐，唯有局长一个人摇头。这一次，姐姐终于回到了芦青河，她是多么高兴呀，说要把耽误的时间夺回来，没白没黑地搞设计。我喜欢姐姐，听人说她小时候学习可用功呢，志气可大呢！她常常检查我的作业本，只要一发现哪里潦草了，就给我一笔一笔改写一遍，然后再鼓励一番，让我好好学习，将来好为建设国家作贡献！她懂得很多，讲的一个个故事，我到现在还能一句不差地讲出来；她的手很巧，折几根柳条，三扭两扭，就编成了一个顶漂亮的蝈蝈笼……我想着想着，两对疲倦的眼皮合在了一起……不知住了多久，我的眼前豁然一亮——我知道太阳升得老高了，爷爷一定又坐在野椿树下。我呼地跑到了小河边，爷爷不见了。小河在哗哗欢唱，那声音别提有多么动听、多么悦耳。我想爷爷和姐姐一定到河里建水电站去了，于是我跳下了水中。那水十分温暖，半点也不冰人；那水十分清明，半点也不碍目。我在水中小步走着。小河里原来有这样多的鱼，它们都跟在我的身后，有的还大胆地触到了我的腿上……走着走着，眼前雪亮雪亮一片，耀得我睁不开眼睛。原来一个个电灯排成一溜溜、一行行，那简直是灯的世界！这当然就是爷爷和姐姐建的水电站了，他们一定在前面。我更快地往里走去……刚走了两步，忽然爷爷在前面喊我："小水牛！"我赶忙扭头望去——奇怪，一切全都变了，那耀眼的电灯变成了一盏小油灯，爷爷双手捧着一本书静坐在灯前。

"小水牛，"爷爷又叫了我一声，"你看看这字念个啥？"

我这才知道刚才是一个梦，忙揉揉眼睛，凑到爷爷跟前……

夜已经很深了，爷爷多么勤奋好学啊，看的书是从姐姐那儿取回的。我知道他识不了几个字。他一会儿拿起红笔在书上划着，那模样老让我发笑。外面，那不平静的秋夜送进小屋里多么美妙的声音，小河水在歌唱，小动物在低语；那庄稼地里，还不时传来"啪啦、啪啦"的响声。我问爷爷这是什么在响？爷爷抬起头仔细听了一会儿，然后笑眯眯地说："那是高粱拔节的声音。快睡吧，小水牛，睡吧。"

我不相信，"快要收割的高粱还能拔节？"

"能的能的，一株好高粱，就像一个老人一样，向上去的心永远也老不了！"

爷爷那肯定的神气扫除了我的疑虑，我相信那是高粱拔节的声音了。我很香甜地睡着了。

早晨醒来，小茅屋已坐满了人：支书何大伯、姐姐，还有和姐姐一起来的水利技术员等。他们说专等我醒来一块儿上河边搞勘测……

爷爷和老支书他们走在前面，我和姐姐沿着河堤走在后面。

我看着河里翻腾的浪花问姐姐："姐姐，你能像爷爷一样，听出小河在歌唱吗？"

姐姐把手里提的仪器背在肩上，摇摇头说："不能。爷爷所以能听出来，那是因为爷爷从小和小河打交道，把小河的脾气摸透了，哪里水深，哪里水浅，哪里有险滩，哪里有急流，他都装在肚里哩。旧社会他在河里割了二十多年河蒲，腿都给蒲根刺烂了……"

我告诉姐姐爷爷晚上学习的事，姐姐说："爷爷小时候穷，读不起书，没有文化。你不要笑话他——我们可不要笑话一个老人，是吧？他怕我们离他远，他想与我们一块儿，像我们一样，他想年轻……"

姐姐的话，说得我脸上一阵发热。爷爷的头发都白了，他还想年轻……我多么年轻啊，我多么幸福啊，从小就上学，有这么好的童年。可我能学得像姐姐那样吗？不！我要像爷爷那样用劲儿，追上姐姐，超过姐姐！我大声说："姐姐，我将来要超过你！……"

姐姐那明亮的眼睛闪动着，"那当然好，不过你这步子迈得还要更大……"

我听了，马上加大了步子。一颗心在焦急地跳动着。堤下的河水也像是和我们比赛步伐，它翻卷水花，急速流去，那雪白雪白的浪花翻起来落下去，哗哗地发着悦耳的声音。这是在歌唱，歌唱火红的岁月，歌唱有志的人们！当一片雪亮的灯光映红你笔直的身躯，映红你漂亮的腰带，你的歌声就唱得更响了，传得更远了！

我高兴地喊道："小河唱得多好！姐姐，你听啊！"

赶走灰喜鹊

我失学了，一天到晚在荒原上游荡，像丢了魂。总要做点事情啊。不上学就要干点事情啊。

我常在一片葡萄园外边闲逛。这个园子可不算小，四周都围了栅栏。

我在园边走，不时往里看一眼。栅栏内，一个脸色发黑的人正提着裤子叉腰，看也不看我。他望望西北天咕哝："你这小子成天瞎窜，干脆到我这儿来吧。"

我以为他在逗人，没搭茬儿。这个人五十多岁，很老的样子，一说话就咳嗽："咳，咳咳！你这小子，咳！我这里的活儿才简单，这么说吧，只要有副好嗓子就行。"

我听不明白，问："你让我干什么？"

"让你穷吆喝。"

"你逗谁？"

他走出栅栏，揪揪我的耳朵，坐在土埂上。他说自己叫"老梁"，说着又咳：

"葡萄熟了，咳，灰喜鹊，妈的——就来了。一颗葡萄啄一个洞，咳，只吸那么一点甜汁……葡萄就是这么完的。你见灰喜鹊来了，就给我赶跑。咳！咳！"

说着两个巴掌在嘴边围个喇叭：

"哎——嗨——哎——嗨——"

我乐了。"这么简单？一天多少钱？"

"我以前雇别人干过，八角——八角钱怎么样？"

我心里高兴，嘴上嫌少，"八角五分吧。"

"就是八角。"

他说完背着手就走。

我僵了一会儿，跟上了。

灰喜鹊晚上不来，所以我只有白天才干。天一亮我就在葡萄园里走来走去，喊。开始的时候我到处找灰喜鹊，一着面儿就破嗓大喊。后来觉得这样真不轻松，也费眼，就简单些：每隔一段时间出来喊上两嗓子。

更多的时间是玩：吃葡萄，看螳螂怎样往葡萄架上爬，看小鸟怎样在葡萄叶间蹦跶。一般的鸟不伤葡萄，只吃虫子。益鸟。

我把灰喜鹊吓得扑棱棱满天乱窜。可怜的，再也吃不上葡萄了。它们的嘴巴真馋啊。它们太馋了。

天刚蒙蒙亮我就到园里来。灰喜鹊起得比我还早。我一大清早就亮开了嗓门。我刚刚十六岁，有一副脆生生的嗓子。我喊了一早晨，口渴了就吃一串葡萄。老梁和他们那一伙要等到太阳升起才钻出草铺子，一出来就甩下外衣，把葡萄笼搬来搬去的。他们干活头也不抬。他们这一下省心了，专门有人为他们轰鸟了。

有人问老梁："把灰喜鹊用枪打了算了，省得轰了又来。"

老梁说："不行。上边说了，咳，益鸟。它们只不过在葡萄熟的时候犯贱。再说枪子也伤葡萄啊。咳！"

太阳升到葡萄架上，阳光透过葡萄叶一束一束射到脸上。身上开始暖起来。园里充满了香气，香味直往鼻子里钻。各种鸟雀都唧唧喳喳唱歌了。它们可真能唱，乱唱。灰喜鹊就在葡萄园边的大树上栖着，一动不动。它们真精。有人说它们在心里打算盘，在那儿拨弄"小九九儿"。我能看见它们灰色闪亮的羽毛，看见圆圆的小头颅偶尔一转。它们在互相端量，在合计事儿。大概它们早晚也会知道：我只喊那么两嗓子，碍不着什么事的。

它们偶尔在树上一阵骚乱，从一棵树跳到另一棵树。那一齐展开的翅膀就像一片灰雾掠过树梢。它们眼瞅着这么红的葡萄，一嘟噜一嘟噜的，怎么能不馋？我也馋。我进园子之前常常馋得睡不着觉，何况是鸟儿。

想是这么想，还是没法儿让它们来一块儿吃葡萄。

老梁他们不停地忙。很怪，他们就不太吃葡萄。

当我起劲喊的时候，老梁就看我一眼。

我喊来喊去的样子多少有些让人发笑吧。有一次他走过来说：

"小子，你喊的时候要把腮帮子鼓大。"

我不解。

"这样，鼓大，劲儿就全在嘴上了。"

我觉得这可能不是好话，没有理睬。

"真的，你看着我。"

他双手拢住嘴巴，腮帮子鼓得老大，发出了响亮的"昂昂"声。那声音听起来又闷又沉，像牯牛。

"这声音传得才远。劲儿全在嘴巴上。你那样喊，劲儿用在这里

哪——"他手戳喉头以下的地方，"咱俩一块儿喊上两天，你的嗓子
哑了，我的嗓子还好好的呢。"

"那就让我哑。"

"八角钱呢。你靠嗓子吃饭，伙计。"

我心里一动，觉得老梁不错。

太阳把葡萄园映得一片暗红，一天的劳累就快结束了。黄昏时分
灰喜鹊开始静下来。它们不来啄葡萄了。其实趁黑来啄谁也不管。我
想那大概是因为它们眼神不济吧。它们飞到树林深处，几乎是贴着荒
原飞的。太阳把最后一束光线收尽，我也踏着一片茅草往我们家的小
屋走去。

夜晚的葡萄园不需要我。可是有时我在家待不下，要不由自主地
走向它。我只想一个人到处走。

我顶着星星来到葡萄园，老远就听见老梁他们在笑。走进草铺，
闻到一股浓浓的肉香味儿。老梁见了我，筷子敲着小瓷盆：

"你这小子最有口福，咳，来吃口野味儿。"

原来他们煮了一锅肉，几个人正围着喝酒。老梁让我喝了一口，
我呛出了眼泪。老梁大笑。几个人你一口我一口，合用一个黄色粗瓷
缸。当瓷缸转到我这儿时，我偏要呷一口。不知转了多少圈，瓷缸里
的酒光了。我全身燥热，脸烧得慌。老梁说：

"脸红了。"

其实老梁自己也红了，连喘出的气都是酒味儿。

"怎么样，八角钱挣得容易吧？"

我没作声。老梁说："有人不让打灰喜鹊。要个是这样，咳，就没
你这差事了，美差。"

老梁摸着胡须，"其实呢，话又说回来，念书有什么用？你去念

书，咳，八角钱就没了。白天在园里吆吆喝喝，晚上再跟我们喝酒，
这多好。"他把旁边的枪抄起，瞄着，说，找个像样的夜晚，他要领
我们抓特务去，那些家伙呀，都是海里来的！

"真有特务？"

"那东西可多啦，"老梁抚摸着枪托，"我这枪可是登了记的。它
是武装哩。上级说那东西（特务）很多。到时候我要领上一伙人，咳，
一左一右包抄上去。"

"他们从哪儿来？"

"从哪儿来？"老梁的嘴巴朝海上噘了噘，"水上来。那些家伙一
人脚上绑一块胶皮，咳，扑哒扑哒就过来了。上级说只要是从海上来
的东西，不用问，照准打就是——都是特务。"

"那么拉鱼的人呢？"

"拉鱼的人咱哪个不认识？听口音就行。咳，说话咕噜咕噜的，
就是特务。咱当地人说话你还听不出来？再说他们脚上也没有黑胶
皮呀！"

面前的老梁皱起眉头。

这个夜晚，离开老梁我没有马上回家，一个人在葡萄架里走了许
久。葡萄遮住了星光，到处黑乎乎的。这夜真静。脚下是凉沙。我坐
下，背倚在葡萄架上，一串葡萄像冰一样垂在后脑那儿。转一下脸，
葡萄穗儿就挨在了脸上。我抱住这串饱饱的葡萄，将它贴在眼睛和鼻
子上；我嗅着，直到胸口那儿一阵阵灼热。

一直往前，出了葡萄园就是丛林和草地。夜晚的海潮声真大，还
有远处传来的拉网号子。

我很少独自在夜间走这么远。都说林子里有狐狸，还有一些谁也
叫不上名字的古怪东西。它们都能伤人。它们和人斗心眼儿也不是一

年两年了。

但这个夜晚我想的只是另一种东西：特务。我此刻真想遇上那么一个人。我想看看他是什么模样——为什么要历尽辛苦，穿过层层海浪，脚绑黑胶皮到这片荒滩上来？这里究竟有什么在吸引他？他就不怕死吗？

我站在黑暗里，想得头疼。

我闭上眼睛，仰脸喊出了长长一声——

"哎——嗨——"

这突然放大的嗓门把我自己也吓了一跳。

回到家已是半夜。真想不到会着凉：黎明时分我的嗓子疼起来。倒霉，没法去园子里赶灰喜鹊了。

我两天没有到葡萄园。这天一见老梁他就讥讽说：

"真不中用。动动嘴巴就能累病呀？"

我像驱赶灰喜鹊那样迎着他喊了两嗓子。他赶紧捂上耳朵躲开了……

不久之后的一个晚上，老梁果真兑现诺言，领上我，还有那个高颧骨黄头发的人，一块儿去柳林里找"特务"了。

深夜，柳林里一点声音也没有。我们摸索着往前，全身发紧。老梁小声叮嘱：可千万不要弄出声音来啊。

月光朦朦胧胧。我们不时地蹲下，从树空里往前望。什么也看不见。可是老梁后来却看见前边有一个黑乎乎的巨影。他口吃一样说：

"……那是？"

"什么也……没有。"我想我看到的只是一棵笨模笨样的老树，树皮就要朽脱了。

他让我们蹲在原地，他自己凑得近一些。他一直往前摸去。后

来，突然枪就响了。巨大的回响，满林子都是混乱，是嘎呀嘶叫。那个黄头发的人赶紧点亮了火把。

天哪，跑到跟前才知道，刚才看到的巨影原来是落了一树的大鸟儿，是灰喜鹊！这会儿它们惨极了，撒了一地的羽毛和血，叫着拧着……我蒙着，老梁说"快快"，一边从腰上解下个口袋。地上有的鸟儿还在挣扎，老梁就拧它的脖子。

我那个晚上吃的原来是灰喜鹊！

我僵在那儿。地上的鸟儿都收拾进口袋了。他们揪我，我不动。老梁把我按蹲下，说："待这儿别动，多停会儿，等它们落下稳了神儿，再……"

老梁大气也不出一声蹲下，伸手去衣兜里摸烟。那个黄毛小伙子像他一样闷着。

我身上的血涌着，腾一下站起。老梁又把我按下。我往上猛一跳，大喊了一声。我一声连一声喊：

"哎——嗨——哎——嗨——"

那声音可真大，林子里到处回响。灰喜鹊开始四处飞窜。

我跑起来，一边跑一边喊。我不止一次跌倒，爬起来再跑。我不顾一切地喊啊……

老梁骂着追赶。我再一次跌倒时，他揪住了我，立刻捂紧我的嘴巴。我狠力挣脱。他的脏手像铁笼头一样罩在我的嘴上。

这只腥臭的手啊，我咯嘣一声咬了它一口。

"我的妈呀啊呀手……疼死我了手完了……"

他蹲在地上拧动，抱着手剧抖。

我拔腿就跑。我没命地跑。他缓过劲儿肯定会用枪打我。

我磕磕绊绊往前，憋住一口气跑出了丛林。

　　一出林子月亮立刻大了。我大喘着，一低头才看到身上有血：许多血。摸了摸，没有伤。是他的血。

　　老天，刚才我下口可真狠……

　　月亮天里，丛林里一群群飞出灰喜鹊。老天，它们都随我出来了。我敢说从来没有看到这么多的灰喜鹊：呼呼掠过头顶，简直把月亮都挡住了……

告　别

　　秋雨淅淅沥沥，细心地洗着碧绿的原野。空中蒙着一层淡白的雾，朦胧中的一切都显得这样宁静。渠水在缓缓流淌，岸上的槐树不断把一身"珍珠"甩到水流里。

　　渠岸上有一幢棕色茅屋。

　　此刻，在西间屋内，正靠着一张方桌坐着三个人：高兴得合不拢嘴的两个中年人，一个故作沉默却总是抑制不住满脸兴奋的年轻人——原来那方桌上平摆着一个牛皮纸信封，上面印着红色的、某某大学的字样。

　　他们不知围着它看了多久。外面雨水变小了，一个男人笑吟吟站起，说要去割几把猪草。另一个男人仿佛也被提醒了，转身去忙了。桌边只剩下一个少年，他把那桌上的信封立起来，一个人慢慢地端详。

　　屋门又响了一下，八十多岁的老爷爷进来了。他是全家的长辈，一个人住在东厢房里。早晨起来，他已经来过好多次，只是不停，一站就走。少年这时赶忙从桌旁站起。

　　老爷爷好像根本就没看到孙子，只是盯着那个印着红字的牛皮纸信封。他提着拐杖站在那儿，盯了两眼，说："从昨晚间看还没看够？这物件可不能乱翻动，看了，知道你考中了，放箱子底下就是。弄丢了才坏事……"

少年听了觉得有趣：就在家里的桌上，怎么会弄丢了？虽然这样想，还是随手将它放到了一个抽屉里。他不想在这时候惹老人家不高兴。

老人眼瞅着他把信封放妥帖，这才慢慢腾腾出门走了……头发花白的母亲从里间出来，望着老公公那驼下的后背，忽然想起件要紧的事情：该嘱咐儿子多去他爷爷屋里玩，这一走还不知再能不能见着老人呢，该去跟爷爷说说话……

儿子听母亲的话，进厢房找爷爷去了。

老爷爷名叫冬生，八十二岁上失去老伴，一个人偏要住在光线暗淡的东厢房里。家里人要替他开个大窗户，他拦住说："窗小暖和。要那么亮敞干什么？咱又不是大都市里的人家……"老人好多独到的见解是不容怀疑的，只有他特别疼爱的孙子才敢于提出异议。小时候孙子见他抽烟不用火柴，而是用火镰或者火绳，就问："用火柴多好？给你火柴！"老人继续用火镰敲打一块白色的石头，头也不抬说："我使不服！"

"什么叫'使不服'？"孙子敢于直问下去。

老人不做任何解释，只是重复一遍："我使不服！"

当孙子这时候跨进门，至今仍"使不服"火柴的冬生爷爷正用火绳触着烟锅，伸出拇指按住红色的烟末，使劲吸了一口。拧得粗粗的艾草火绳就挂在屋子里自燃，满屋都是浓烈的艾草味。少年叫了声"爷爷"，坐在了老人身边。爷爷仍低着头，吸着烟问：

"是去那个大都市吧？"

从上午到现在，爷爷已经是第三次这样问了。他这会儿从爷爷的声音里听出了老人正极度兴奋着。他笑答："嗯，大都市。"

"去那个大都市了！"老头子站起来摸着胡子，两眼盯住眼前的孙子，慢慢放出光来。这样呆了足有半分钟，才坐下来说："我是大清光绪年间的人，什么没经着！我种过地，赶过脚，南南北北闯荡过，就没听说这地方的庄稼人念书进了大都市……"他说着，伸手把燃过一段的艾草绳子拉扯一下，"下雨天泛潮，艾草绳正冒虚烟……大都市里，人旺的时候像北海发潮。小贩多呀！那些赶会的南山人真有力气，一担子二十个大豆饼。要说也真玄，还有担二十多的，担进担出，肩膀也不歇一下，满集市的人竖大拇指……"

孙子可不是第一次听这些。爷爷一高兴就爱提他年轻时走过的地方。在这个偏僻的小村里，如今只有爷爷一个人是出过远门的。父亲在城里生下了他，可不久就被赶回了乡下；再不久，父亲就郁郁而死……于是只剩下爷爷一个人出过远门了，尽管那是很久的事了，但毕竟是出过远门的呀。满村老老小小常常瞪起眼睛听他说话。爷爷在村里有最多的崇拜者，他骄傲地活到了现在。眼下，对自己的孙子，对这个即将踏着自己的脚印出去走一遭的年青一辈，又怎么能闭起嘴巴。

外面，一只不知名的小鸟尖着嗓子唱了一句。少年隔着窗户一望，才发觉不知什么时候雨停了。外面正吹着雨后那种凉爽的、通常是带足了甜味的风，各种树木呀，稼禾呀，随着风一摇一摆，水珠儿就滴溜溜滚下来。他瞅着爷爷皱纹密布的脸，听着那一声声念叨，不知怎么老想出去。艾草火绳冒出的烟把屋子罩住了，一根燃尽，爷爷又换上了新的一根。孙子说雨停了，最好出去走走，顺便也看看叔叔割没割足猪草呀？

冬生老爷爷接受了孙子的邀请，提起拐杖，抓起火镰和盛火绒的竹管子，跨出门去。

这儿是砂性土壤，雨水一过，那道路一点也不陷人，倒被雨水洗得光光亮亮怪可爱。一老一小沿着一条二尺来宽的小路向南走，路的一边是水渠，一边是一片玉米。渠水哗哗响，还不断伴着一两声蛙鸣；田里的玉米缨儿给秋雨洗得鲜红，发出一种甜丝丝的西瓜似的气味——孙子用力往肚里吸着，使爷爷好几次惊奇地瞅他。他看着那从乌云开裂的缝隙里透出来的一道道金色长剑一样的光束，好几次惊羡地嚷出了声音。他突然觉得周围的一切都是多么地奇妙而美丽啊，并且几次由眼前这绿色的原野幻想到那个熙熙攘攘的都市，那个在想象里朦朦胧胧、奇奇妙妙的地方——不久即将去亲自探求和生活了，他一颗心愉快地颤动起来。

老爷爷悠然自得地走着，有时那双眼睛还微微闭合起来。他走着走着突然站住，接着把拐杖按到了地上，两手使劲拄着，转过脸去。他向北直直地望着，好长时间眼珠也不动一下。孙子愣住了，"爷爷，您看什么呢？那儿有什么呀？"

"有什么？还能再有什么！"

"那您看什么？"

"咱的屋！"

"……"孙子不出声地笑了——看咱的屋！咱的屋怎么了？他正要说什么，却听爷爷一句句说开了：

"你看咱的屋在渠边上，独零零的，地脚又高，真有气势！真有气势！下边是不断水的渠，四周是一片绿树，端端正正，排排场场，硬叫咱占住了风水！……这地方，好啊！"

孙子皱皱眉头，"您又讲迷信了！"

　　冬生老爷爷平静地看了一眼孙子——这眼光只有对不懂事的娃娃才使用，"当初我主张迁屋，你妈妈她硬吵着不干——哎，女人心眼啊！还是我做着主，才把屋迁了。世事靠人揣摸，又不靠人揣摸……"

　　爷爷叹息着刹住了话头，孙子却自然地想起了充满痛苦和磨难的迁屋。那是五年前的事。当时村子一天比一天穷，庄稼人一天到晚忙在地里，身上的泥巴越滚越多，糠窝窝里掺的粮食却越来越少。叔叔用嫩韭菜叶似的青草喂起了一头母猪，快生猪崽的时候却病死了。不久，全家多少年育起的十几棵快成材的树又被人偷偷砍掉……这真是祸不单行，庄稼人过日子的指望一下给揉得粉碎！一家人差不多全病倒了。爷爷一连几天不想吃饭，硬说这个住宅地是"败了风水"，非加紧搬走不可！一拆一盖需要多少钱，谈何容易啊。妈妈几个夜里坐在院子里哭，连年迈的奶奶也陪着哭，那哀切的声音邻居听了也掉下泪来。只有爷爷在女人的抽泣声里能铁下心，把叔叔叫到房里，用那根镶着铁箍的拐杖敲着地面……结果，房子是搬成了，奶奶却在忧虑和劳累中离开了人间，家里从此落下了还不清的债务……

　　他怕想这段往事，这时一阵心酸，两颗泪珠就滑下了眼角……蛙声渐密，秋虫也躲在庄稼地里唱歌。平坦的田野上开始出现了勤劳的庄稼人，一个、两个，慢慢就数不尽了。他们有的挑着担子，有的扛着镢头，急匆匆地赶进田里，去做完这天黑前的一小段活计……他透过一层薄薄的泪花望去，见爷爷还站在那儿，两手还按着拐杖。少年咬了一下嘴唇。他望一眼那碧绿的田野、田野小路上那缓缓行驶的牛车、那肩负担子的身影，那弯腰劳作的人群，低下了头。他轻轻地咬着牙关，想起了默默死去的父亲。他那时还不懂得父亲，父亲像个陌生人一样离开了……这时远处传来一两句歌儿，他慢慢抬起头。他没有寻到唱歌的人，却看到了一道绚丽的彩虹。哟，这是怎样的一道雨后彩虹啊！那说不清的颜色，那最好的丝线也织不出的彩带，弯弯的像一座大桥——对了，它是一座桥，一座架在天上的金碧辉煌的大桥呢！少年简直惊呆了，禁不住一下跳跃起来，喊了一句：

"看哪爷爷！您看，多好！"

冬生老爷爷被突然嚷起来的孙子惊了一下，赶忙转过身，眯着眼向南望了一会儿。他没有望见高空的彩虹，却伸出拐杖一指说："那不是你叔割草回来了吗？你接他去！哎哟，多满一大筐猪草！"

……

晚上，渠岸上的棕色茅屋里来了好多乡亲。他们得知少年要走的消息，一半寻新奇，一半来庆贺。没人带什么礼物，只带着庄稼人那种诚实的微笑。冬生老爷爷以长者的身份迎接了大家，不过没让他们往正房里走，而是抢先用拐杖顶开了他那东厢房的门，和客人们一块儿去闻那浓烈的艾草香去了。孙子吃了饭本想做点什么，但被母亲催促着，也到了爷爷身边……

屋里人抽着烟，辛辣的味道混合起一片艾草烟，似乎随时都能让人窒息。大家就在这浓浓的烟雾里谈古论今，津津有味。冬生老爷爷说今年他几次看见麻雀子钻天，肯定不会丰收谷子；不料马上有一个青年对这种说法表示了怀疑。老人愤愤地放高了声音，"我是大清光绪年间过来的人，什么没经着！不服气，老天爷就让庄稼人见见眼色。民国三十七年……"

一个人在漆黑的角落里打哈哈，"冬生老爷爷，听人说十几年前那会儿，数你胆大，敢套绳子把庙里的'老天爷'拉倒，怎么今天……"

"……"冬生没有答话，但停了一会儿说，"过去，哼！现在……"

青年人站起来笑了。

几个老年人对无知而狂妄、一再打断冬生老爷爷话的年轻人表示了最大的愤慨。有人斥责说："你才吃了几年咸盐？冬生老爷爷走南闯北，一辈子的经验倒不如你个嫩毛？"

冬生老爷爷听了，有了微笑，开始掏烟锅了。旁边一个人见了，赶紧殷勤地送上火柴，却被老人用火镰轻轻挡过。只见他从竹管里倒出黑色的火绒少许，灵巧地敷到烟锅上，然后将白色的石头用力捏紧，挥起火镰，"咔喳"几声，立刻闪出几道璀璨的火花，如金菊落英一般溅到了火绒上。火绒冒出淡淡的烟——这烟一颤一颤地护在烟锅上不愿散去，最后又被老人从嘴里喷出的一股浓烟吞没了……几个青年人一直屏住呼吸看着，这时不约而同地松了一口气……

大约在深夜时分人们才要尽兴地散去。冬生老爷爷坐在那里没动，只是提高嗓门：

"替我送客——"

他将"送客"两个字咬得很重，连孙子听了都觉得不甚自然；人们也是第一遭见到这样隆重而突然的场面，回身看一眼稳稳端坐的老人，然后退出屋去，离去了。

少年送走了乡亲们，在院墙外面静悄悄地站了一会儿。

夜晚，空中的星星特别密，特别亮；那微紫的、暗蓝的天空啊，那样高远空旷。一颗人造卫星划过天琴星座，又向着更远的天宇进发了。他仰望着包蕴了无尽神奇的秋天星野，闭了闭眼睛。

秋风轻轻吹着，房前的树叶儿窸窣响。院里传来了爷爷的呼唤，他赶忙跨进了院门。

爷爷正在厢房等他。老人用手拍了拍紧靠身边的炕沿。老人好久没有说话，也许他在想这次分别吧？待了一会儿，他默默伸出颤抖的手，摸摸孙子的头发、眼毛，又轻轻捏一捏这圆圆的、有些细长的胳膊……孩子接受着老人的爱抚，轻轻地依在老人身边。他低着声音，"爷爷，我就要走了，您再没有嘱咐我的话了吗？"

冬生老爷爷久久没有作声。他仰脸停了一会儿，从脑海里极力搜寻着记忆。这样一会儿，他终于不紧不慢说："也没有什么紧要话了，反正出门得老实——'老实值钱多'、'老实常常在'。"想了想，又补充道：

"进了大都市要长眼，别吃瞎眼子亏。少买炸麻花，那东西利钱才大！出了火车站往南拐弯的地方有耍枪的，别近着看，最后收场他要你掏钱。少去逛湖，逛湖也别进亭子，那些摇扇子的没有一个好东西！大十字口东边有热水池子，脱了衣服别交给柜上。再往南有两个摆摊抽签的，那个独眼老头算得准些。再往前，出了砖街，看见卖挖耳勺卖野糖的，你千万别买。他的野糖吃了闹肚子……"

……第三天早晨，棕色茅屋前聚了一堆人。彩霞在东方燃得正旺，少年就要启程了。做母亲的在他身边直转，一会儿理平他衣服上的一个褶皱，一会儿又寻下一根剪断的线头，唠唠叨叨，流着两行长泪。冬生老爷爷说："做大事情的，自古哪个不离家？哭个什么？到底是女人心眼！"

老人离大家稍远一些，一个人站在了高处。

"爷爷……"少年低低地叫了一声。

下雨下雪

以前的下雨才是真正的下雨。"下雨了下雨了！"人们大声呼喊着，把衣服盖在头顶上往回跑，一颠一颠地跑，一口气跑过大片庄稼地，跑过荆条棵子，蹦蹦跳跳跨到小路上，又一直跑回家去。

雨越下越大，全世界都在下雨。

如果天黑了雨还不停，那就可怕了。风声雨声搅在一起，像一万个怪兽放声吼叫。我们这儿离海只有五六里远，奇怪的大雨让人怀疑是那片无边无际的大水倾斜了。

天黑以前父亲在院里奔忙。他冒雨垒土，在门前筑起一道圆圆的土坎，又疏通了排水沟。这样雨水就不易灌进屋里。半夜里漂起脸盆冲走鞋子，都是再经常不过的事情了。

妈妈说，我们搬到这个荒凉地方就没安生过。树林子里野物叫声吓人，它们说不定什么时候就跳出来，咬走我们的鸡、兔子。本来养了狗护门，可是好几次狗脸都让野物爪子撕破了。这个荒凉地方啊，大雨瓢泼一样，最大的时候你听，就像小孩儿哭："哇……"

是爸爸使我们来到这个荒无人烟的地方。茫茫的海滩上偶尔有采药的、到海边上捡鱼的人走过去。要穿过林子向南走很远，才看得见整齐的、大片的庄稼地，看见一个小小的村子，看见那些做活的人在雨中奔跑。

我有时并不慌慌地跑，因为白天的雨只好玩，不吓人。

让雨把浑身淋透吧，让衣服贴在身上，头发也往下淌水吧！让我做个打湿了羽毛的小鸟在林子里胡乱飞翔。雨水把林中的一切都改变了模样，让蘑菇饱胀着，伞顶儿又鼓又亮，从树腰树根、从草丛中生出来，红红的、黄黄的。有的鸟不敢飞动了，躲在密密的叶子里；有的大鸟什么也不怕，嘎嘎大叫。我亲眼看见有一只大狐狸在雨中跷起前蹄，不知为什么东张西望。水饱饱地浇灌着土地，地上的枯枝败叶和草屑吮饱了水分，像厚厚的干饭被蒸熟了，胀了一层。小小的壳上有星的虫子在上面爬。老橡树的每一条皱纹里都流着水。咔啦啦，有棵老树在远处倒下了，我听见四周的树都哭了。地上有一大簇红花，仿佛被谁归拢在一块儿，红得发亮。

"这个孩子还不回来！"我听见妈妈在小屋里不耐烦地、焦躁地咕哝了。

其实这有什么可担心的。我又没有到海上去玩。有一次我差一点被淹死——那是大雨来临之前的一阵大风，推涌上一连串的巨浪，把我压在了下面。我飞快地划动两手往岸上逃，结果还是来不及。总之差一点淹死。当时大雨猛地下起来，一根一根抽打我。看看大海那一边的云彩吧，酱红色！多么可怕的颜色啊！

记得那一次我撒开腿往回跑，不知跌了多少跤。我朦朦胧胧觉得身后的大海涌来了，巨大的潮头把我追赶，一旦追上来，一下子就把我吞噬了。我的脸木木的，那是吓的。天上的雷落到地上，又在地上滚动，像两个穿红衣服的女人在打斗，一个撕掉了另一个的头发。轰轰的爆响就在我的脚下，我觉得裤脚都被烧得赤红。我趴在地上紧闭双眼，一动不动。我好不容易才抬起头，紧接着有个巨雷不偏不倚，正好在我的头顶炸响了……那是多么可怕的奔逃啊！

从那儿以后我知道了四周藏满了令人恐惧的东西，特别是雨天的大海。

我从林子里跑回家去，身上总是沾满树叶和绿草。妈妈一边责备，一边摘去我衣服上沾的东西。我嘴不停歇，比划着告诉她雨中看到的一切。

我回到家里没有一会儿，外面就传来了青蛙的叫声。这声音密集而激烈，像催促着什么一样。天就要黑得像墨一样了。沟渠里的水满了，青蛙又高兴了。它们跳啊唱啊，在自己好玩的地方尽情地玩了。

夜里我睡不着，躺在炕上听雨和风怎样扑打后窗。到了半夜，这声音似乎又加大了。我想这世界多么可怕，你拿它一点办法也没有。这大雨多么厉害啊，树木都在大雨里哭啊，大雨用鞭子已经抽打了它一天一夜了，把它光亮的绿叶子都抽打碎了。我总担心这一夜海潮会漫上来，那时我们的小房子也会浮上来吧？

不记得什么时候醒来了——只听见父亲在吵什么。我赶紧揉揉眼爬起来，发现身上扣了个簸箕。原来半夜里房子漏雨了，妈妈给我扣上了它遮雨。我看见簸箕上溅满了泥浆。父亲挽着裤子在屋里走，弯腰收拾东西。屋里的水已经半尺深了。可外面的大雨还没有停呢！

这老天是怎么了啊！老天爷要祸害人了！大雨下了一天一夜还不够吗？还要下到什么时候？人、牲口，全都泡在水里，你就高兴了吗？父亲一声连一声地骂、咕哝。

胶皮鞋子像小船一样在屋子中间漂游。

我跳下来，一头钻出屋子。天哪！外面白茫茫一片大水。我们真的掉进海里了。妈妈说,恐怕是南边的水库大坝被洪水冲了,不然我们这儿不会这样。尽管下了一天一夜,可一般的雨水都退得比较快,因为这儿离海近。要是真的毁了大坝可就糟了!她咕哝了一会儿,我看见了一条白肚子小鱼在院子里游动,就大喊了一声。

父亲和母亲都迎着喊声跑过来,看院里的鱼。"恐怕是那么回事了!"父亲说了一句,手里的瓢掉在地上。他刚才一直往外淘水。

不管怎样,我得先逮住那条鱼再说。我跑在院子里,一次一次都落空了。那条鱼只有四寸长,不太大也不太小,主要是白白的肚子看上去银亮亮的诱人。我扑了几次,浑身弄得没有一点干净的地方了,那条鱼还是那条鱼。我又气又恨地住了手。

雨后来终于停了。可是地上的水却越来越多。看来水真的是从南边涌来的。父亲不停地从屋里往外淘水,屋里露出了泥土。我突然想起要到远处那个小村看看去,看看那里大雨之后是个什么样子。我瞅着家里人没有注意的工夫溜了出来。

我的膝盖之下一直泡在水中。地上的茅草只露着梢头。我老想再看到一条鱼,可总也没有看到。

那个小村里一片喧闹,像吵架一样。我还没有走近,就已经看到村上的人在乱哄哄地奔走,有的站在村边高坡上。

小村里每一户都进了水,有的墙基不是石头做成的,随时都有可能被水泡塌,那些户主正拼命地淘水、沿墙基垒土坎。猪和鸡都赶到外面来了,特别是猪,像狗一样系着脖绳拴在树上。

多么大的雨啊!庄稼全泡在水里了。因为庄稼地大片都在村南,那里地势洼,所以最深的地方可达一人多深。红薯地里的水最深,像真正的海。高粱田只露着半截秸子。

到庄稼地就得会凫水。一大群娃娃嚷叫着跳到水深处,又被大人吭喝上来。

太阳出来了，到处都耀眼地亮。天热烘烘的，水的气味越来越大了，那是一种很好闻的味道。父亲在雨停之后的第二天上逮了一条白色的大鲢鱼，要放进锅里还要切成两段。"这么大的鱼是怎么游到咱这地方的呀！多怪的事呀！"妈妈一边弄鱼一边惊叹。

有人来约父亲到那个小村里干活，还要扛着门板。我也跟上父亲去了。

原来已经有不少人扶着门板站在那儿了。人齐了，有人喊一声，就划着门板像小船一样驶进庄稼地了。我们这些孩子只有站在田边上看。干活的人不时扎一个猛子，反身出水时手里就攥紧一个红薯。

红薯还没有长大，不过已经可以吃了。如果不及时地捞上来，那么很快就会被水泡烂；就是不烂，也不能吃了。

我眼看着父亲扎猛子，觉得他扎得最好看。他的两条腿倒着一拨动，就沉入了水中。他会不会把水喝进肚里呀？因为我看见他每次探出头来，都要吐出一大口水。

我们家里分了一小堆红薯。接下去天天蒸红薯——奇怪的是这些红薯煮不软了。它太难以下咽了。父亲命令我们吃下去，不准嚼了又吐。吃饭成了一件困难的事。

地上的水在慢慢渗下去，渗得很慢。不过鱼越来越多了，大多是几寸长的小鱼。它们像是一夜之间从地下钻上来的，几乎每个水洼和沟渠里都有。那些有心眼的人早就动手捉鱼了，他们专逮那些二三尺长的大鱼。

父亲也领我们到沟渠里捉鱼。他手里提一把铁锹，说只要鱼出现了，他就用铁锹砍它。真的有几条鱼从父亲跟前跳过，不过都没有砍中。后来，一条鱼似乎被他砍中了，但摇摇晃晃又顺流冲下去了——

这会儿正好有个捉鱼的在下游,他用一个篓子将它毫不费力地扣住了。"那是被我爸砍伤的!"我追过去说。那个人瞪起大眼,狠狠地盯了我一眼。父亲过来,扯起我的手,往前走了。

天还没有黑,我们在水中站立了半天,不知砍过多少回鱼,都没有成功。

那些天,卖鱼的人抬一个大花笼子,在小村四周喊着,他们从哪儿、用什么办法逮到那么多的鱼?父亲和母亲羡慕地看着抬鱼的人,连连摇头。

后来我听到有人传说:一个人在一条水渠里逮了一百多条红色的大鱼。

水再也降不下去了。庄稼地里的水积成一大潭一大潭,就再也不动了。所有的喜欢水的小野物都闹腾起来,连水鸟也从远处飞来了。水中的小虫像箭一样飞射,它们忙得很。还有蜻蜓,简直多极了。

父亲一天到晚在林子里采蘑菇。潮湿的气候蘑菇最多,他捉不到鱼,却能采到蘑菇。他是干这个的好手。我们把采来的蘑菇晒干,又装成一袋一袋。有人买我们的蘑菇吗?有。可是父亲好像从来没有卖过。小村里的人来了,他就送他们一袋子。小村里的人也送我们玉米和花生,还有粽子。

我们的日子完全被大雨给泡溲了。如果不下雨,就完全不是这样了。几乎所有的水井都满得很,一弯腰就能舀上水来;几乎每一条渠里都有深水,有鱼。小村里的人结伴来约我,主要的事情就是捉鱼。父亲忙着跟人出去排涝,天天不沾家了。他们要把田里的水设法引到渠里去;而渠里的多余的水,再设法引到河里去;河里的水,当然是流到海里了。

那条芦青河比以往任何时候都宽。河里翻腾着浪花,水是黄浊的。到了河口那一段，简直像大海一样开阔，并且与大海通连在一起。

从下大雨到现在，有人说芦青河淹死了十个人，也有人说淹死了一百个人。被淹死的人有的是捉鱼的，有的是过河被浪头打昏了的，也有的是自己跳进去的。

大树林子永远是水淋淋的了。我发现从大雨来临之后，各种野物多出了一倍。地上爬满了青藤，蛇也多了。不知名的野花数也数不清。半夜里，有个尖溜溜的声音在离我们屋子不远处叫，怪吓人的。妈妈说那个野物林子里从前没有，也是大雨以后生出来的。

……秋天过后就是冬天，冬天要下大雪。

以前的下雪才是真正的下雪。天空沉着脸，一整天不吭一声。父亲说："坏了。"妈妈就赶紧往院子的一角收拾烧柴。天黑得也很快，我们就早早地睡觉了。父亲临睡前特意把一只铁锹放在门内。

一夜没有声息。早晨起来，觉得有什么不对劲儿，一开门，门外塞了一人多高的雪粉，成了一道雪墙。父亲就拿起早就准备好的铁锹掏起雪来。他掏了一个大洞子，我们就从大洞子往外钻，有趣极了。妈妈顺着挖到院角的洞子去抱柴草做早饭。

这满满一院子雪都是风旋进来的。不过院子以外的雪也有好几尺厚了！真是不可想象，一切都盖在大雪下了。

屋里好暖和。我们钻着雪洞进进出出，故意不把洞顶捣穿。父亲说如果不及时把铁锹放在门内，那就糟了，那要用手一点一点扒开雪墙，说不定全家都给闷在屋里，闷坏了。

大树林子里横着一座座旋起的雪岭。原来夜里曾经刮过很大的风——只是大雪渐渐封住了门窗，我们什么也听不见。

妈妈不让我到林子里去。她说陷到雪岭里就爬不上来了。这要等太阳出来，阳光把雪岭融化一层，夜里冻住那层硬壳才好。那时就是一座琉璃山了。

大雪化化冻冻，慢慢有些结实了。可是常常是一场大雪还没有化完，又接上了另一场雪。至于大树林子，它永远都是被大雪封住的，一直要等到暮春才露出热乎乎的泥土。

我们院里的雪洞渐渐破了顶，开了一个两尺见方的口子。一些小麻雀就从口子飞进来找东西吃，想逮住它们很容易。有的小鸟干脆就是掉进来的，它们给饿坏了。我们没有杀害一只小鸟。它是我们的邻居。妈妈说它们的日子也怪苦的，一个冬天不知要饿死多少麻雀。它们在院里甚至都不怕人了。

父亲在晴朗的日子里闲不住。他要去林子边上那个小村铲雪：那是极有趣的一个工作。他们排成一队，沿着田边小路往前推进，用锹把路上的雪像切豆腐一样切成一方一方，然后铲起一方就扔到田里。这样，当雪化掉时，小麦就会饱饮一次。

我终于可以去林子里了。虽然大雪岭还一道一道横着，但我可以安全地爬上爬下。就是不小心踩透了冰壳，那也陷不深。

林子里在冬天有奇怪的东西等待着我。有些野果被冻住了，揪下来咬一口，又凉又甜。冰果的味道我一辈子也不会忘。我还吃过封在雪里的冻枣子，它们已经变成黑紫色，又软又甜。

这年冬天发生了一个不好的、吓人的事情。父亲有一天干活回来告诉，有一个人——就是小村上的老饲养员，给村上背料豆子，穿过田野的时候，掉在了机井里——那是被雪封住的三丈多深的井啊！

我和妈妈不停地哭。

那个老人是个最好的人。他曾经到我们家串过门，有一段还经常来。他给我讲了很多故事，让我永远不忘。那时他一进门就嚷："有桃核吗？"妈妈说有，就弯下身子，到桌子、柜子下边找，用一根棍子往外掏。这些桃核都是我夏天秋天扔下的，现在风干在那里了。

妈妈一会儿工夫就收拾出一捧桃核来，老头子就笑眯眯地接过去，坐在地上，慢慢地用砖头砸着壳儿，一粒粒嚼着。我试了试，太苦了，就赶紧吐了。

老人能吃苦桃核，我们全家都觉得怪极了。父亲估计老人可能有一种病，说如果没病的人吃了这么多苦桃仁，非毒死不可。

父亲的估计很对。因为一年之后老人又来了，妈妈找桃核给他，他摆摆手说不要了。他再也不想吃了。问他为什么？他说有一天早晨觉得恶心，一张嘴吐出了一条奇怪的虫。从那以后就再也不想吃桃核了。

原来不是他想吃苦桃仁，而是那条虫。

我不记得那条虫怎样了——跑掉了吗？如果那样就太不应该了。那是一条很坏的虫。

老人不吃桃核了，于是也很少到我们家来了。

就是这样的一位老人，死得多么惨！可恨的雪天，你怎么偏偏跟这么好的一个老人过不去！我哭着，呜呜地哭。

小村上给老人送葬那天，我和父亲都去了。原来老人是个没家口的人，他一个人住在牲口棚里。村里的人说，老人最要好的不是村上的什么人，而是牲口棚里最西边拴的那头牛。我注意看了看那头牛，发现它长了一身黄中泛红的皮毛，那会儿眼角流着泪……

这个冬天很长，完全是大雪还没有化掉的缘故。妈妈说老天爷把冬天藏在雪堆里，一点一点往外发送。我跑到芦青河看过，发现河面上锃光瓦亮，像一大块烧蓝的铜板。开始我不敢走上去，后来一点一点走到了河心。

河冰是半透明的，我想看到河里冻住了的鱼。有一天我正在河上

玩，遇到了来河里打鱼的人。我觉得很奇怪，不知道他们怎样干这件事——他们先把冰用铁钎子凿开一个大洞，然后就伸进一个捞斗往外掏着，结果一会儿就掏出鱼来。这在以后很长时间，我都感到不理解。

我还看到一只兔子从河坝的雪堆上跑下来，想穿过河去。它跑到河心时，前蹄一滑就跌了一跤。由于它是当着我的面跌倒的，所以我明显地感到了它有些不好意思，爬起来，很不体面地向对岸跑去。

如果河堤上的雪堆往河道里缓缓地流水，就说明春天的热劲儿要来了。这时候你蹲在河冰上听听吧，河水在冰下咕咕咕流呢！不过两岸林中的大雪岭还要多久才能化掉？这是没有边的日子啊！

大雪化一层，就露出了一层细小的沙尘，这是风雪之夜里掺进去的。大雪岭子一道一道躺在村边路口上喘气儿，像海边上快死的大鲨鱼，又脏又腥，苍蝇围着打旋儿。我发现田里到处都开始发出绿芽了，小小的蜂蝶也开始嗡嗡转。可是冬天的雪还不肯离开我们。

树林子里的冷气蓄得好浓，人走进去，就像走进了冷窖。没有叶子的梢头挡不住太阳，热力把地上的雪化掉一点，夜间又是冻结上了。一些去年秋天和冬天忘记摘下来的野果子，这会儿悄悄地发霉了。

我们家的院子里早就没有一点雪了。父亲把残留在院角和屋后的一点冰碴也清掉了。他不愿过冬天和春天相挨这些日子。妈妈在一个春天快来的时候就满脸高兴，扳着手指算节气，说什么什么日子还有多远，多久以后是清明……我就是这个冬春发现了妈妈头上的白发，一根一根，大约有十几根，闪闪发亮！我喊了父亲来看，父亲真的走到妈妈跟前，背着手，很认真地看，还伸手抚弄了一下妈妈的头发。

"妈妈……"我叫了一声。

妈妈没有吭声，用手在我的后背上轻轻抚了一下。

"时光真快啊！转眼又是一年了……"妈妈像是对父亲说。

我知道这句话是什么意思。因为我们就是在一年的开春，踏着一个春天化雪的泥泞搬到这儿的。那时的事我已经不记得了，是妈妈告诉我的。她说那一年的雪化了很久很久，林子里背阴处的雪差不多一直留在那儿。

我是在这片林子里长大的。这儿的一切都是我的。我知道大林子里一切的奥秘，知道芦青河的所有故事。

小村里的孩子经常来变暖的林子里玩，我们就结伴在树上拴秋千、爬树掏鸟窝。我们特别喜欢把黑乎乎的雪岭掏开，从当中掏出白白的一尘不染的雪来吃。我们还将它们做成一个个窝窝头带回家去，当着大人的面张口就咬，让他们吓一跳。

河冰一块一块跌落到水流里。夜里，坐在岸上，可以听见咔啦啦的冰板的断裂声。春天真的要来了，可林子里的大雪真的一时还化不掉呢。

我们沿着河堤飞跑，一直向北，跑向了大海。大海被一个冬天折腾得黑乌乌的，白色的浪朵一层一层揭开，又慢慢覆盖在水面上。我们都惊讶地看到海岸上一堆一堆的雪和冰——这是海浪推涌上来的？还是冬天里积聚在海边上的？谁也搞不清楚。

有一条蛇在海滩的沙子上慢腾腾地游动。我们跟上它走了很远很远。后来，我们又看到了一只兔子，它飞似的不见了。再后来，我们又看到了一个刺猬。

我把刺猬拿回家来的时候，父亲正坐在院里抽烟。他让我放下刺猬，然后看它在院里走。"多么美丽！"他看了一会儿说了一句。我不解地看看父亲——我不明白它美丽在哪里，也不明白父亲为什么会说这样的话。

妈妈也跑到院里来了。她不知怎么靠在了父亲身上，两人一块儿看着刺猬。"多么美丽！"父亲又说了一遍，一只手搭在妈妈的肩膀上。

"孩子，你是从哪里弄来的呀？"妈妈无比和蔼地问我。

我详细地讲了起来。

我讲完了，他们满意地笑着。我觉得这是很久以来没有过的愉快时刻。

我们玩了一会儿，妈妈说吃饭了，大家就跑进屋里。等我吃过了饭再出来找刺猬时，它已经不知钻到什么地方去了。

夜晚睡觉冷极了。"下雪不冷化雪冷"——这还是个化雪的季节啊！我夜里紧紧蒙住被子，抵挡着严寒。在这样的夜晚，你不会觉得这是春天，而只能认为是在严冬。

如果是个大风之夜，树林子鸣响起来怪吓人的。我知道野物们在春夜里不会平静，它们要跳要蹦，在林子里闹着。树木的枝条互相碰撞不停，风在树尖上发出刺耳的叫声。这是春天吗？这是隆冬天里啊。我甚至想起了以前的冬天和春天，想起了以前大雪是怎样融化的。那时的雪好像化得比现在快，而且是悄悄的，不声不响的。

林子里的槐树抽出了长长的叶片。再有不久就该开槐花了。那时，整个大林子就要真的告别一个冬天了。

我心里焦急地等待着。

我等着槐花一齐开放、林子里到处是放蜂人的那样一个日子。我差不多天天往林子深处跑，一路上留意着。我总是将每一点新奇的发现告诉父亲和母亲。我发现槐叶下边已经生出了花骨朵，密密的，像粟子穗儿一样。今年春天的槐花一定比哪一年都密。

林子里还找得到雪的痕迹吗？没有了，到处都暖融融的。地上，是萌生的各种绿芽，是被太阳照得发烫的干草叶儿。

有一天，槐花终于一齐开放了。妈妈和爸爸领着我进了林子。我们每年的这时候都要采一些槐花，晒干了，留着食用——这是一种独特的美味，是全家人都爱吃的。

我们高兴极了，不停地采啊采啊！满海滩的小动物都在吵闹，它们也高兴极了。鸟儿叫得好欢，它们在远远近近的地方打闹，互相问讯。

当我跨过一条小沟的时候，突然在一个拐弯处发现了一堆黑乎乎湿漉漉的东西。我觉得奇怪，用脚踢了一下，发现了白白的雪！我叫了一声。

父亲和母亲都过来了。他们注视着隐蔽的雪堆，没有作声。

原来冬天还藏在这儿。

它一下子又提醒了我们，让我们想起那一场持续长久的大雪天来……

鱼的故事

　　父亲也被叫到海上拉鱼了。他大概做梦都不曾想过会做这么有趣的工作。他那张被山风吹糙了的脸总是挂满愁苦，现在接受了这个工作，满面微笑。他一穿上发下的油布衣服，背起拉网用的带横棍的细绳，就兴匆匆的。

　　我也觉得有趣。我沿着父亲的足迹穿过大片草地和丛林，去海上看那些拉大网的人。

　　海上没有浪，几个人把小船摇进去。随着小船往海里驶，船上的人就抛下一张大网。水面上留下一串白色网漂。小船兜一个圈子靠岸。剩下的事儿就是拽住大网往上拖，费劲地拖。这就是"拉大网"。

　　网一动，渔老大就呼喊起来，嗓门吓死人。父亲，所有的人，都在他的呼喊中一齐用力。

　　天并不热，可是拉网的人连一点衣服都不穿。只有父亲下身绑了一件汗衫。

　　拉网人细绳搭到粗缆上，再把棍子横到屁股上，用绳扣拴住。老大喊号子，大家随号子嗨呀嗨呀叫，一边后退一边用力。

网里一定兜住了很多鱼，网有千斤重……

大网慢慢上来了，岸边的人全都狂呼起来。我这是第一次看到怎样从海里逮到这么多鱼，第一次看到这么多活蹦乱跳的鱼一齐离水，看到这一刹奇景。各种鱼都有，最大的有三尺多长，头颅简直像一头小猪。有一条鱼的眼睛睁得老大，转动着，一会儿盯盯这个，一会儿盯盯那个。我相信它懂事。

所有鱼都在海上老大的吆喝声中被网包抬起，倒在了不远的一片苇席上。席子旁早排好了长队，都是赶来买鱼的人。他们有的推车，有的担筐。鱼不值钱，买鱼的扔下一块钱就可以随便背鱼。

几个老头从鱼铺里钻出，手拿网兜，把喜欢的黄花鱼挑出来。

拉鱼的人可以松闲一会儿了。大家都赤身裸体，谁看谁都一样。父亲笑了。他和他们差不多。人人身上都是黑红色，是太阳把他们弄得差不多了。他们坐在一起喝鱼汤。鱼汤这样做：拣最肥的鱼当当剁成几大块，扔到锅里就煮，什么佐料也不放，直接用海水煮。连盐也免了。

我们围看的几个孩子被熬汤的老头叫过去，每人舀给一大碗。我们端着碗跑开了。

拉网的人各自从角落里搬出一个酒瓶，一边吃鱼一边喝酒。大家都去敬海上老大。老大几乎尝遍了所有人的酒，一会儿就有些醉了，在海滩上蹒跚，唱起了难听的歌——越难听越有人为他叫好。父亲木着脸。

父亲没有酒。一个长胳腮胡子的人从另一个人的手里夺下酒瓶让父亲喝一口。父亲看他一眼，接过酒瓶，先抿一口，然后一仰脖子喝一大口。他咳嗽，脸也红了。

后来我就常常看到父亲喝酒。他跟母亲要钱买酒，母亲不给就自己搞。他制了一个挺好的葫芦，弄到零酒就倒进去，然后用一个玉米芯塞住，夹在腋下。

父亲从海上回家时常常满脸酒气。母亲很忧虑。他满不在乎。我觉得父亲这时变得不那么讨厌了。我也喜欢酒了。酒能让一个人变。父亲常要捎回一些鱼。那是海上老大对拉网人的犒劳。拉网人每人都有一个大网包，那里面装了鱼和器具、甚至是衣服。他们真辛苦，每天要拉好多网。有时候半夜还要拉一网。那就要在海上过夜。

我也钻过他们的渔铺。那是一个深陷地下的土坑，上面用海草搭了架子，架子上胡乱扔了一些玉米秸和废旧渔网。到处腥臭熏人。拉网的人像鱼一样挤在一块儿，拼命打鼾。有的人晚上起来解溲，没地方下脚，就踩着人的屁股走。好多人一边打鼾一边叫，互相伸手狠拧。我不知叫的人里面有没有父亲。

早晨要拉"黎明网"，这网最重要。这时也是海上老大最精神的时候。他像赶牲口一样把渔铺里的人全部嚷醒，催他们快些快些。

小船蒙了一层霜。撒网的人用衣袖把甲板上的霜擦去，然后蹦上小船。有的胡乱上船，霜立刻在脚板下融化。他们嘴里发出"夫夫"声，喝酒抵挡寒冷。不停地喝，等到船往回返时，每个人都醉了。醉汉手脚分外灵快，像跳舞一样摇橹，往水里"唰啦唰啦"扔网。奇怪的醉歌飘到岸上，岸上就大声叫好。他们也不怕吓跑了鱼。鱼实在太多了。

岸上的人穿着棉衣，光着屁股。拴网绳了，喊号子了，领头喊的人两手伸得像大猩猩一样长，一举一举大喊。海上老大就高兴这样。号子里常要掺杂一些坏词儿。父亲也跟上喊，额头冒着汗珠。

多少鱼啊。鱼多得让人骂起来了。

家里没有粮食吃。有时一个月吃不上一次玉米饼。玉米饼闪着金黄色，馋得人直流口水。母亲只吃糠窝窝，有时也让我们和她一块儿吃糠窝窝。父亲提回鱼来，一家人赶紧围上母亲飞快洗鱼，就用清水煮，放点盐。

吃鱼吃得嘴巴发酸，再好的鱼也比不上玉米饼啊。可是母亲说："你们不做活，吃鱼就行。你爸要拼劲干活，让他吃玉米饼吧。"

父亲从来没推辞过。唯一的一块玉米饼被他三口两口吞下去。尽管肚子不饱，他也不愿端一碗鱼吃。

父亲在海上学会了做一种毒鱼。这种鱼身上全是蓝斑，肚子发黄。它样子就可怕。可是父亲学会了怎样对付它。这种鱼肉最鲜，可偏偏有毒，毒死的人数不清。母亲一见它就吓得叫起来，说我们无论如何也不能冒这个险。父亲把衣袖缩起，用一把小刀剖开鱼肚，然后分离出什么，把鱼头扔掉。用清水反复冲洗，又将鱼脊背上那两根白线抽掉，说："没事了。"母亲喘着把鱼做好。

一种奇特的鲜味飘出。

真好吃。这才叫好吃。

父亲从酒葫芦里倒出一点酒，让我和母亲都尝了一小口。这天晚上愉快。碰巧父亲第二天用不着起早上海，不急睡。他还唱起了一首拉网的歌。母亲为他缝补衣衫。这晚上我胆子大了，伏到父亲背上。脊背热得像炕。

父亲唱过了，摇摇晃晃走到院里。我跟他走出。月亮真亮，没有多少星星，天瓦蓝瓦蓝。整个野地里听不到一点人声。这时我才想起：我们这座孤零零的小屋盖在了荒野上。丛林里，猫头鹰一声一声叫。对我们，它可不算坏鸟。父亲手按胸膛凝望远方。他准在想什么。

这晚上，我从他身上闻到了鱼腥味。

这一天父亲从海上回来，天还没黑，人喝得烂醉。他一头栽到了屋里，肩上的网兜空着。原来那网兜斜扣在肩上，就这么拖拉着回来了。母亲说：

"你顺着他的来路，去把鱼和衣服找回。"

我挎着筐子出去。出门不远就是一条小鱼。这条鱼还一动一动。每走几步都会发现一条鱼。它们都藏在草里。我能听到一种吱吱的声音。我也怪了，能听见鱼叫。它们藏在哪我都知道。茅草扒开，里面准有一条鱼在动。

我往前走，两脚在茅草里卷，鱼儿碰到我的脚就顺势往上一挑，在半空里把它捉住。只一会儿我就把父亲丢掉的鱼全捡回了。一件脏衣服也被我找到了。

父亲常把海上的欢乐带回，又差点全部抵销。这次父亲又捎回几条毒鱼，扔在地上就睡去了。母亲仿照父亲上次那样把鱼剖开，从头全做一遍。还是鲜气逼人。美吃一顿。

一个多钟头过去，我有点晕。真的晕了。接着我看见父亲全身抖动，手指像按在一根琴弦上，又颤又挪，嘴里吐出了白沫。母亲比我们好一点，脸也黄了。她抱紧我和父亲，说："我不是故意。我不是。你知道我不是故意的——你信吧？"

父亲嘴唇变青。他咬着牙点头。

母亲让我看住他，要去请医生。

父亲摇着头。

这里离最近的村落也有几十里路，我们去哪儿请呢？母亲明白来不及了。这时我觉得手脚都一阵抽疼，想站起，一挪步子就跌倒。我咬着牙爬几步。母亲摇晃过来，我们扶在一起。母亲说："到外面采一点木槿叶，采一点解毒草。"

我往外连爬带跑。草地上全是一样的草秸，根本分辨不出有什么不同。这些草棵像是向我伸来，抚摸我。我低下头，它们就摸我的眼睛，头发。一会儿又像火焰一样烧我的脸。我叫了一声。妈妈跟来了，拍打我，"不要紧，不要紧，慢慢找。你睁大眼看。"

母亲已经采到了一株解毒草，她先嚼碎一些，吐在我嘴里。我们继续找。原野在眼前变成一片紫色，又变幻出更奇怪的颜色。整个原野都有一层紫幔，下面像有一万条蛇在拱动。它不停地抖、舞，升上来。一道紫幔升到我的腰部，颈部，眼看就要把我覆盖了。我沉在紫色布幔下边，挣着，两手去揪幔子边缘。我像溺水的人那样喊，手脚勒住了。我不能挣脱。我想起了妈妈，睁大眼找。四周一个人也没有。我喊，不知喊了多久，才听到一阵脚步声。

我躺在小茅屋里，旁边是父亲。母亲坐在那儿，旁边的碗里是捣成稀汁的解毒草。她说："孩子，你说胡话……"

我觉得好了。

吃毒鱼后一个多月的晚上，外面起了大风。风很大；搅弄得整个荒滩不得安宁，各种大声使我害怕。我睡着了，接着就梦见一条小鱼。好俊的小鱼。它打扮得像一个小姑娘一样走进了茅屋。母亲把她抱到怀里，给她梳理透明的头发。真漂亮，除了有两个鱼鳍，到处和人一样。我扯着她的手在院里玩，一起逮蝉。母亲对她特别好，给她玉米饼吃；母亲让她住在屋里。

后来我才知道，母亲想让她做我的媳妇。我不好意思。不过，幸福啊。

她说她要走了，但是还会常来小屋。

我说："你不要走了，你的家在哪里？"

"在大海里。"

我想起了，她是一条小美人鱼。看来平时人们传来传去的话一点也不假啊。

走前她告诉：她的爷爷、奶奶、哥哥、弟弟，所有的亲戚都给海上老大逮来了。他们死得惨。她让我求求岸上人，求求他们住手吧。如果他们做得到，她就可以嫁到岸上来。

我哀求母亲答应她的话，哀求母亲去找海上老大，和父亲一起。母亲答应了。

小鱼姑娘又来了。她哭着，告诉我：他们还在捕鱼，海里那么多姐妹再也看不到了。她实在是没有办法了，所以刚才路过渔铺的时候，给好多睡觉的拉网人腿上胳膊上都扎了红头绳，"我把他们扎住了，他们就不能下海了。"

梦做到这儿就醒了。我觉得像失掉了一个真正的朋友，竟然哭了。

父亲睡得正香，被哭声惊醒，推我一下。母亲赶紧把我抱到怀里，问怎么了？我就告诉了这个梦。母亲没有作声，看了父亲一眼，哄我睡下。

天亮后父亲要到海上去，母亲让他小心一点。她把我的梦告诉了他，说："孩子梦见好多拉网人都给扎上了红头绳。"

父亲瞥了母亲一眼，走了。

后来我才知道：那天父亲把我的梦告诉了海上老大，老大只是一笑。

那天傍晚风息涛平，老大就让小船出海。想不到一场风暴突来，出海的五个人就在人们的眼皮底下跌进了狂浪。他们无一生还。

父亲跑回来嘴唇都紫了，双手抖着跟母亲讲了风暴。

母亲一句话也没说，只直眼盯着我。

这就是鱼的故事。我再也忘不掉，一直没忘。尽管许多人说那只是一次巧合……

鸽子的结局

我和弟弟有过一个好朋友，他就是荒原人肖贵京。

肖贵京是个四十多岁的汉子。那时候，有人在离我们家不远的地方开垦了一块葡萄园。当葡萄结出来的那年，园子当中就垒起了一个平顶小泥屋。荒原人肖贵京就住在里面。

肖贵京有一支很长的土枪。那时候我和弟弟常去找他玩。他对我们很好。我们觉得他是世界上最好的一个陌生人了。他不仅给我们葡萄吃，还在夏天点上篝火引来知了，用油煎了给我们吃。那种香脆的滋味让人久久不忘。

有一天他的脸色突然变了，阴沉着，见了我们也不爱答理。

我问："肖叔叔，你怎么啦？"

他不作声。弟弟问他也不作声。他在门槛上坐了一会儿，又站起来。我想，一定是发生了什么事。后来我们就不问了。又停了一会儿，他主动告诉我们：

"昨个晚上，我在屋顶睡觉，看见了一个女鬼。"

"什么？"我们都愣了，喊起来。

谁都知道鬼是很吓人的，也知道那是一般人绝不可能碰上的事。肖贵京真的遇上了，这让人觉得无比恐惧又无比诱惑。我们详细询问起来。他告诉我们：为了能把葡萄园全都看在眼里，就要在屋顶摊开行李睡觉，天冷了再回到屋里。夜里他总是睡一会儿就睁开眼睛，四下里瞄一遍。他的枪一直放在行李旁边，担心火药被露水打湿，总是用被子盖住。他说：

"我晚上被冻醒了，起来看星星，估摸是半夜。这时候突然听见了嚯嚯啦啦的哭声。往北一望，见一个头发披散的人，穿一身白衣服，一边哭一边跑。她好像往大海那边跑。她一直背对着我，越跑越远。"

我说："那你怎么不开枪？"

他摇头，"鬼是打不得的。再说我的枪也打不到那么远。这个鬼，我想是海里淹死的。你们不知道，有一年一艘客船从大连往龙口开，是个冬天，船在半路炸了。成百的人都掉到海里，一挨上浮冰就冻得不会动了……第二天好多人去赶海，看到海潮推上来很多死人，就把他们埋了。从那以后每到半夜什么声音都有。有哭有笑，有男有女……"

天哪，肖贵京的话多么吓人啊！

我们不敢看他。又停了一会儿他说："这个女鬼以后还会来的。"

我和弟弟十分好奇，尽管害怕，还是想和他一块儿过夜。

到了晚上，我们像过去一样点亮篝火，把小铁锅用油擦得锃亮。弟弟往葡萄架旁的杨树上摔石头土块儿，树叶哗哗一响，上面的知了迎着火光就扑下来。

我们还一块儿享用他打来的一些猎物，那是野兔之类。他煮了一锅肉汤。吃过了晚饭，我们就踏着木梯到屋顶上去。肖贵京让我们分开躺，因为三个人在一处会把屋梁压折。屋顶颤颤悠悠的，真的随时有倒塌的危险。

我们等啊等啊，露水把头发全弄湿了。没有一点儿奇怪的迹象，只有天空传来的大雁咕嘎咕嘎的声音。猫头鹰在远处叫着，报来不祥的音讯。天上的星星一齐瞪大眼睛。

肖贵京把枪搂在怀里，枪口直指北方。

这一夜就这样过去了。

第二天晚上我们还是爬上屋顶，结果仍旧没有什么事情发生。肖贵京怀疑那个女鬼是怕我和弟弟。他若有所思地拍着脑袋说：

"嗯，可能是这样，你们两个火气太旺。要知道，阴间的东西最害怕阳气足的人。你俩在这儿，她也就不敢出来了。你们明天晚上不要来了，我自己等等看。"

第三个夜晚，我和弟弟没有去小屋，可是悄悄藏在了葡萄架下。我们暗中看着他踏着木梯上了屋顶，像打伏击一样搂着枪趴在那儿。我们一声不吭。有好几次我嗓子痒得难受，好不容易才把咳嗽忍住。大约到了深夜两点左右，屋顶上趴着的身影突然动了一下，接着我们都看见了他的枪口在慢慢移动。我们摒住呼吸，知道他在瞄准。可是这枪筒往上扬着，扬着，最后竟然朝着天空放了一枪。好大的声音啊。我们大叫一声从葡萄架下蹦出来：

"怎么啦？怎么啦？"

肖贵京不作声，从木梯上抱着枪下来，怕冷似的抄着手说："她又出来了。你们什么时候来的？没听到哭声吗？"

我们都说："没有。"

"我打了一枪，她一下就没了影儿。哎呀，这荒滩上什么事儿都有……"

我和弟弟对视着，半晌没有说话。

从那以后，我们再也不敢独自到荒滩上走了。不过我们有时还真想去碰见那个女鬼。我们不知道那时候她会怎样？她会说话吗？

有一段时间我们打着可怕的主意，故意在近一点的荒滩上游荡。我想，我是不会怕她的。她会和我们和平共处，说不定还会告诉我们那次大船怎样出事的……

这一年冬天雪特别大，前一场雪还没有化掉，后一场雪又来了。新雪覆盖旧雪，天冷得要命。荒原人肖贵京没有离开小土屋，他是个单身汉，没有别的地方可去。他在屋里支起一口小铁锅煮东西吃，吃饱了就出来给葡萄培点土，做一些可做可不做的小事，剩下的时间就藏在小屋里。他常常在雪地里踏上一行脚印，提回一串猎物。他把土炕烧得滚烫，煮着肉汤。由于他夏秋时节种了一些白菜萝卜，所以整整一个冬天都有吃的东西。

有一天我们三个在园里玩，一走近小土屋就看到屋顶上落了一只鸽子。肖贵京立刻蹲下，示意我们不要出声。

我看着那只鸽子，觉得它漂亮极了。它也许是孤独才到我们这儿来吧。反正它一点都不怕我们，大大方方看着我们三个人。

正这会儿，肖贵京轻轻扬起了枪口。我在关键时刻飞快推了一下——扳机扣响了。由于是霰弹，所以尽管打偏了，那只鸽子还是受了伤。它没有落下来，歪歪斜斜飞着……

"追！快追！它飞不远，它伤着了！"

他领着我们跑，绕过几行葡萄架。那只鸽子还在艰难地飞着，看来它伤得不轻。它飞得很慢，飞一会儿就落在雪地上，等我们跑近了再飞。有好几次肖贵京都想开枪，可总嫌离得太远。我们在鸽子停留的地方看到了血红的雪。鸽子的血像人血一样。

谢天谢地，鸽子离我们越来越远了。它飞到了一片槐林里。

肖贵京骂着往回走去。我们随他来到小土屋里。他的脸一直阴沉着，我们就离开了。

当我们穿过葡萄园时，积雪已经把裤脚弄湿了。弟弟走了一会儿，突然站住了。他建议我们去把那只鸽子找回来：

"它流了那么多血，这会儿肯定飞不动了。我们去槐林吧。"

我们掉转方向，向那片槐林走去。

一路不知跌了多少跤，浑身都被雪粉糊住。那片槐林里有好多灌木和草棵，被大雪覆盖了，常常把我们绊倒。有一次我倒下去，手上扎了酸枣棵的尖刺，鲜血一下染红了一小片雪，就像鸽子的血一样……

这片槐林并不大，我们仔仔细细从树上和树下找。槐树上结着雪块，风一摇就落下来，掉进我们的衣领里，把我们冰得直抖。

不知找了多长时间，弟弟首先发现了那只鸽子——它偎在一个大树墩跟前，那儿有一团干草。

弟弟小心翼翼地接近，一边脱下上衣。——当离鸽子还有一米多远的时候，他猛地把衣服往上一撑，盖住了鸽子。我也跑过去。我们俩按住衣襟，从下面摸出鸽子。当我们把它取出来时，手上已经沾满了鲜血。

它原来伤了翅膀。我们小心地用衣服将它裹好，摸了摸它小小的额头，安慰着它，然后往家里跑去。

回家后我们马上给它抹上红药水，还包扎了一下。妈妈把它的羽毛剪去一点，说："这样它就飞不走。等养好了伤再说。"

我们每天都要给它上药，喂它高粱和玉米。大约二十天过去了，鸽子的伤长好了。它的食量也增大了，吃得胖胖的。我们全家都高兴

极了，连父亲脸上也绽出了笑容，还要抚摸一下鸽子润滑的羽毛。母亲和我们谈得最多的就是这只鸽子。它好像很懂事，在屋里一边走一边"咕咕咕咕"叫，还时不时地在我们脚边偎一会儿。我和弟弟轮流把它捧在手里，揣在怀里。弟弟还让鸽子的嘴巴对在自己脸上，亲它的额头。

它的翅膀长得像过去一样，又开始拍打起来。它还会飞上天的。

我们给鸽子在屋檐下垒了一个窝，里面铺上了弟弟的一块花手绢。鸽子第一次试飞，打了一个旋儿就落在了院子里。后来它离开我们屋子，在四周盘旋一圈，然后再飞回自己的窝里。

我们有了一只自己的鸽子，这真了不起啊。

我们又到那个葡萄园里去了。肖贵京长时间没有看到我们，似乎有些寂寞，他问我们做什么了？我们搪塞着，隐瞒了鸽子的事。我们突然想起了女鬼，问他怎样了？

"没有了，再也没有了。天冷了，我也不能天天上屋顶。"

好不容易盼来了夏天。这时候我们的鸽子可以飞到很远的地方去了，但它总是能按时飞回来。可是有一次它四天没有回巢，母亲急了。我和弟弟简直绝望了。

第五天半夜我被什么惊醒了，爬起来一看，见父亲从窗户上探出身子，划亮了火柴去照屋檐下的鸽子窝。里面还是空空的。我听见了一声叹息。这是父亲第一次和我们一同忧虑。

第六天鸽子回来了。我们全家像过节一样长时间看着它。我们想把它抱到怀里抚摸，可它怎么也不肯。

夏天的夜晚是葡萄园最好玩的时候，我们和肖贵京一块儿爬到土屋顶上，望着无边的夜色。肖贵京怀着永远不能消褪的兴致，等待那个女鬼。

他有一次笑嘻嘻地说了一句话，让我吃惊："如果是个男鬼，我早就不理了。"

我当时没听明白是怎么回事，可就是忘不掉。

那个女鬼当时只留给他一个背影，如果她转过脸来呢？她长得好看吗？她是一个女鬼，但能不能再变回平常的人呢？她善良吗？这一切都无法回答。

肖贵京问我们："你们两个敢到海滩上去？敢在那儿玩到很晚吗？"

我们互相看看，"怎么不敢？我们就玩到很晚，玩上一个通宵。我们在月亮底下能跑老远老远，穿过大片林子，跑到海浪跟前……"

肖贵京摇摇头，"你们不怕遇上她吗？"

我说："不怕。"

虽然这样说，但知道是说了假话。我们自从知道了女鬼，就再也没有跑到荒原深处，没有在夜间跑到海浪那儿。

这个夜晚肖贵京的话很多。他告诉我们：护秋的光棍汉里，就有人常年在野地里睡觉，最后还交往了女鬼。"她们当中还真有好的。她们可不像传说那样拉着长舌头，也是人，和人一样；只不过她们在夜间活动，不在白天活动。有些光棍汉就和女鬼住在小屋子、草铺子里，到了夜间和她过日子，到了白天就一个人孤单。"

我们听得直冒冷汗。他又说了一句：

"那不也挺好的吗？"

我这才明白，原来他有自己的打算。怪不得他总要在屋顶上伏着。这会儿我觉得女鬼不那么可怕了。他说：女鬼和人不同，她能变成各种各样的东西，比如说一只麻雀，一只老鸦，一只大雁……

我和弟弟脱口而出："会不会变成一只鸽子？"

肖贵京的脸一下变色了——他大概想起了那只在大雪天被打伤的

鸽子——是啊，那么孤孤单单的一只鸽子，单独落在这个小屋上，难道是偶然的吗？这会不会是她变的呢？肖贵京的手在左胸脯上抖抖地摸索，掏出了烟锅。我们看到有好长时间，他的神色都有点恍惚。

从此以后，我们心中也装了一个疑团。从葡萄园里出来，回到家里再看那只鸽子，怎么看怎么觉得它怪异。我和弟弟下决心不把这个秘密告诉妈妈，担心她会害怕。半夜里，我们常常爬起来，去听窗外鸽子窝里的声音。鸽子熟睡着，没有任何响动。到了早晨，它蹲在窝外，挺着鼓鼓的胸脯。它的胸部可爱极了。我们老想用手在它那儿拍打几下。那个饱满的耸起的胸部啊，只有鸽子才长得出……我想不出任何动物还能比鸽子更美丽。

它跟我们一家人相处得那么好。但是它很少落到我们身上，让我们捧在手上抚摸着亲昵。它总是远远地给我们一个微笑，在小院里盘旋一圈，飞起来。

转眼又是一个冬天来到了。我们还是到葡萄园的小土屋里去。肖贵京不停地在屋里奔忙着，一会儿做一点红薯吃，一会儿又炖好了什么野味。

有一天我和弟弟走到那儿，老远就喊起了他。往常他总要应答着出来，可是这一回任我们喊着，就是没有应声。我们觉得奇怪。门虚掩着，我们用肩膀把门碰开，一下子呆住了：肖贵京抱着枪，跪在小屋的中间，面前是一只血淋淋的鸽子。

"啊？"

我和弟弟一齐喊叫了一声。我们想起了自己的鸽子。弟弟俯下身，扒开鸽子左边的翅膀，接着尖叫一声。我也看清了，那里有一个疤痕！不错，这是我们的鸽子啊。我指着肖贵京大喊：

"你！你打死了它！你……"

弟弟用拳头猛击他的胸脯，骂着，甚至踢他的手。奇怪的是肖贵京抱着枪，仍然跪在那儿，一声不吭。这样待了一会儿，他喃喃着：

"我，我不知是怎么了，听到外面有声音，走出屋子，一看是它，落在屋顶……我就……不，"他说着又否认起来，"我的手按在扳机上，只是想吓唬它。我实在不想打下它。我不想打下它。我知道它不是一般的鸽子，不是。……可是我手一抖，扳机就响了。我敢发誓，这不是我扣响的——我的手还没挨上，它就响了……我的手指到现在还没挨上扳机啊！我发誓……"

"胡扯！骗子！胡扯！"弟弟骂起来，满脸泪花。

我把鸽子捧起来，挨上胸口。它的血顺着衣服滴下来。

黄昏时候，我们三个在葡萄园里走着，找了个最好的地方把鸽子埋掉了。我们给它立了个小小的坟尖。

从那儿以后，我觉得这片无边无际的原野上少了一个灵魂。从此我们的荒原就变成没有魂灵的、死寂的一片了。

我们的荒原将慢慢地死去，这一天已经不远了。

图书在版编目（CIP）数据

林子深处 / 张炜 著. -- 北京：作家出版社，2015.7
（2022.11重印）
（张炜少年书系）
ISBN 978-7-5063-7753-9

Ⅰ.①林… Ⅱ.①张… Ⅲ.①中篇小说 - 小说集 - 中国 -
当代 Ⅳ.① I247.5

中国版本图书馆CIP数据核字（2015）第002572号

林子深处

作　　者：张　炜
责任编辑：省登宇
助理编辑：周李立
装帧设计：孙惟静
插　　图：林小茶
出版发行：作家出版社有限公司
社　　址：北京农展馆南里10号　　邮　　编：100125
电话传真：86-10-65067186（发行中心及邮购部）
　　　　　86-10-65004079（总编室）
E-mail:zuojia@zuojia.net.cn
http://www.zuojiachubanshe.com
印　　刷：唐山嘉德印刷有限公司
成品尺寸：142×210
字　　数：170千
印　　张：6.25
版　　次：2015年7月第1版
印　　次：2022年11月第2次印刷
ISBN　978-7-5063-7753-9
定　　价：25.00元